17/08/2022,
La Palmyre,

CHAKRAS, TAPIOCA ET ANXIOLYTIQUES

Pour Jeanick,
merci pour votre sourire !
Je vous souhaite de la
douceur et du rire avec
Nina.
Anne-Lise

CHAKRAS, TAPIOCA ET ANXIOLYTIQUES

ANNE-LISE BESNIER

City
Roman

ISBN : 978-2-8246-1990-3
Code Hachette : 18 1163 6

Collection dirigée par Christian English & Frédéric Thibaud
Catalogues et manuscrits : city-editions.com

Dépôt légal : Février 2022

À André et Marie-Thérèse
pour notre bonheur partagé,
À Maria pour notre bonheur à partager.

« Parce que l'idéal de la femme blanche, séduisante mais pas pute, bien mariée mais pas effacée (...), mince mais pas névrosée par la nourriture (...), maman épanouie mais pas accaparée par les couches et les devoirs d'école, bonne maîtresse de maison mais pas bonniche traditionnelle (...), cette femme blanche heureuse qu'on nous brandit tout le temps sous le nez, celle à laquelle on devrait faire l'effort de ressembler (...) je crois bien qu'elle n'existe pas »

DESPENTES, *KING KONG THÉORIE.*

« Chaque famille a ses secrets, il est préférable de bien réfléchir avant de les déterrer. »

MARY ALICE, *DESPERATE HOUSEWIVES.*

1

Bonjour, moi, c'est Nina. Bienvenue dans ma tête et... bon voyage ! Dans trois ans, j'ai quarante ans, mais mon âge est un nombre sans importance. Contrairement à 2 (enfants), 1 (mari) et 9 (mon chiffre porte-bonheur à la roulette). Pointure de chaussures 40 depuis que j'ai 8 ans, léger handicap à la marelle, vous en conviendrez. Taille de pantalon variant du 38 au 40 selon les impondérables (périodes de stress ou saison de la raclette). Taille de tee-shirt S ou M. Le tout pour 1m68. Il me semble que l'on est bon pour ce qui est de l'enveloppe corporelle. Pour le reste, je suis une enfant dans un corps d'adulte et bon sang que je la chouchoute cette gamine. Si je devais rendre des comptes à la gosse de sept ans que j'étais, je le ferais (presque) la tête haute. Je n'ai pas trop dévié de ma trajectoire.

Et vous ?

Je tire la langue aux voitures derrière la vitre du bus. Je marche pied droit sur les couleurs foncées et pied gauche sur les claires. Un sport comme un autre. Je ne m'interdis aucun jeu de mots spontané et aucune comparaison bancale. Les restes de blagues de Toto de mon enfance barbent de temps en temps ma petite assemblée, mais leurs soupirs n'amoindrissent pas mon plaisir. Et c'est bien le principal. Que je ris ! Première servie.

Avant d'exploiter le corps de mon mari, j'ai joué avec le mien et celui de quelques autres. Des garçons, bruns, blonds, petits, grands, mais jamais gras. Des filles, très peu. La plupart des hommes que j'ai rencontrés avant Gaël étaient des hommes-écrans ; je projetais sur eux ce que je recherchais. Je m'imaginais qu'ils réunissaient quelques qualités essentielles : l'humour, le charme, la folie douce et le maniement du subjonctif. Puis, je me lassais. La fidélité avait tendance à m'ennuyer. Quand le suivant m'offrait une plus belle image de moi-même, je partais. On ne refuse pas un cadeau. Je suis du genre bien élevé. Quant aux filles de passage, j'ai découvert mon corps à travers le leur. Je caressais mes seins, explorais mes sous-pentes. Spéléologue d'autrui enquêtant sur mon propre mystère. Si l'on oublie quelques morsures indélicates, deux ou trois gentlemen aspirateurs et un petit nombre de câlins si rapides que la fin en avait évincé le début, ces explorations corporelles n'ont pas été désagréables. Un jeu jamais vraiment dangereux et souvent instructif. Je prône l'apprentissage par le ludique. Et puis (attention, c'est le moment cul-cul de l'histoire), il y a eu le bon. The good one ! Le mec des comédies de Noël. Celui qui pose délicatement son manteau sur vos épaules frêles en souriant et en oubliant le froid. Je l'ai compris quand j'ai réalisé que je ne projetais rien sur lui, trop occupée que j'étais à le découvrir. Plus les jours passaient et plus je cochais des cases imaginaires. J'avais trouvé l'humour, le charme mystérieux, le corps attirant et rassurant. Le corps… Et je ne m'en lasse toujours pas. C'est dire. Au point de devenir fidèle. Et pas juste parce que je suis débordée. Être fidèle quand on est débordée c'est comme être fidèle quand on est moche. Ça a moins de valeur. Mais on l'est quand même. Je consacre 43 % de mon énergie quotidienne à mon couple, le reste allant à mon job, au ménage, aux amis, à mes passions et aux enfants. J'estime que Gaël n'a pas à se plaindre de ce pourcentage, non ?

Voilà, moi c'est Nina.

Un mari/deux enfants/un chat/un travail/une maison.

Épanoui/en vie/pareil/exaltant/propre.

Sur le papier, j'ai l'air d'une femme exemplaire, non ? Celle que tout le monde voudrait être, ou presque. Je vous laisse m'imaginer comme ça, pour le côté rassurant, mais n'oubliez jamais qu'il y a toujours des éclats sur la peinture. Il s'agit juste de bien observer.

2

Un dimanche matin lambda (j'aime ce mot, tout comme rondouillard, dodu, et cucurucho* cornet en espagnol), un dimanche matin lambda donc, alors que je me regarde dans le miroir de notre salle de bains, je constate que le tableau n'est pas très réjouissant. Moi qui me moque de mes copines qui se plaignent de leur peau moins élastique, de leurs infimes ridules, de leurs cuisses de plus en plus molles, je réalise avec stupeur (mais sans aucun tremblement) que l'élasthanne de mon corps se fait la malle. Sans parler des cernes verdâtres qui soulignent mes yeux bleus. Les enfants, ça. Quant à mes joues, elles semblent déjà vouloir taper la causette avec mon cou, comme le font celles de mamie Madeline, ou presque. J'en suis à être tentée d'exagérer quand le petit se met à pleurer. En sécurité dans son lit, certes, mais en attente de réconfort maternel et surtout de son p'tit déj. Autant Andrea est relativement bonne pâte, mais quand il a faim…

—Bonjour mon chat, ça va mon poisson rouge ?

Non, je ne cherche pas à le rendre bipolaire, ça sort juste tout seul, comme ça. Je constate, dépitée, qu'il a encore gonflé pendant la nuit. Sa tête n'est qu'une gigantesque boursouflure. J'hésite à en rire (en vrai, je ris un peu) mais son cou aussi est énorme. Un bel œdème de Quincke n'est pas au programme de mon dimanche, qui devait être… lambda ! Une matinée avec les enfants, le retour du père et une visite à Mamie. Rien d'angoissant, normalement. Je réveille la grande, habille les deux en quatrième vitesse, ouvre mon armoire à pharmacie, en décroche le fond délicatement mais tout de même rapidement, prends trois gouttes de mon remède, soupire un coup et remets le tout bien en place avant de filer aux urgences. Seule, car Gaël est à une séance couleurs (je vous parlerai de ça plus tard, soyons raisonnables, le petit est mal en point tout de même). Si les urgences tamponnaient une carte de fidélité, j'aurais déjà gagné un stéthoscope. Ce qui me ferait un cadeau de Noël d'avance pour Rebecca, mon aînée, ravie de l'escapade. Elle remercie même son frère qui ne comprend pas trop ce qu'il a fait de si « cool ». Rebecca veut être médecin, « mais pas généraliste parce que c'est barbant ». L'enfant dans le texte. Elle envisage de devenir pédiatre urgentiste. Donc, pour elle, chaque excursion de ce genre est comme une après-midi chez Disney. Sept ans, presque huit. Précoce. On n'est pas sortis de l'auberge. À l'hôpital, Andrea ne nous aide pas à gagner du temps sur le programme. Il est toujours aussi bouffi, et au lieu de jouer à l'agonisant pour passer en priorité, il retourne la salle d'attente. Il vient d'emboîter toutes les chaises pour enfants pour construire un train géant en criant

Tchou-Tchou. Ça fait un drôle d'effet. On dirait un des acteurs du Pari qui devient déménageur. Je fais comme si je ne le voyais pas, mais Rebecca ne cesse de me tirer la manche.

—Maman, Andrea il a viré deux gosses pour récupérer leur chaise et agrandir son train.

Je quitte des yeux mon téléphone. Gaël ne répond pas et ça a le don de m'exaspérer. Je regarde l'heure, je sens l'angoisse monter puis, comme par miracle, redescendre d'un palier. *Bon dosage*, je pense. Mais l'heure tourne et je veux aller rendre visite à Mamie comme prévu. Ma soupape. Mon temps de famille, deux à trois dimanches par mois. Un instant de repos, on parle de tout et de rien et elle me ramène en enfance. Je ne sais pas comment elle fait pour avoir toujours un souvenir en stock. Je me dis que Rebecca doit avoir raison pour les minots malades virés de leur siège puisque plusieurs parents me regardent de travers. Ne pas leur tirer la langue. À faire dans le bus. Parce qu'il est en mouvement. Courageuse, mais pas téméraire ! Et puis, je me dois de garder une certaine contenance face à mes rejetons. Jouer à l'adulte, au moins dans ce genre de situation. Andrea continue à brailler « Tchou Tchou » et ça ne l'aide même pas à dégonfler. On finit par passer. Antibios.

—Il réagit de façon atypique à un virus indéterminé.

Encore un cadeau de l'école. Foutu bain de bactéries ! Parfois, submergée de tendresse, j'ai envie de le garder avec moi à la maison. Mon bébé. Mon tout petit. Veiller sur lui et le protéger des maladies vilaines qui veulent le coloniser, des gastros qui ensuite nous envahissent et des gamins qui le tapent. Puis je me rappelle que travailler à la maison avec un enfant est impossible. Alors je le soigne, je passe mon dimanche matin aux urgences et j'envisage de l'inscrire à un cours de self-défense, mais y'en a pas pour les 3-5 ans. Oui, j'ai cherché. Il se met à crier, il ne veut pas repartir. Je m'entends lui promettre qu'on achètera dix chaises pour enfants pour faire un train à la maison. Je sens le regard désapprobateur des parents de la salle d'attente, qui me détestaient déjà, quand Gaël daigne appeler.

—C'est trop tard, je me suis débrouillée, merci !

—Bonjour mon amour.

Ou l'art de désamorcer les bombes. Gaël aurait pu être démineur. Gaël aurait pu faire tous les métiers de toute façon. Oui, cette phrase dégouline d'admiration, et ?

—Andrea a une infection indéterminée, je sors des urgences, antibios. Tu verrais sa tête, il est sacrément gonflé.

—Comme la dernière fois ?

—Pire.

—Tu m'enverrais une petite photo ?

Je raccroche. Pas le temps. Je dois rentrer nourrir tout le monde. Avant de démarrer la voiture, un SMS de Gaël me tranquillise immédiatement. Il sera là à temps.

—Bah, les enfants ne sont pas déjà à la sieste ? demande-t-il en arrivant, légèrement déçu.

J'ai comme une envie de lui faire visiter les urgences pour adultes. Mais la violence ne résout rien. Le yoga non plus. Je ne réponds pas, préférable, et je file à la douche. L'eau chaude me gifle agréablement, éliminant par sa vapeur les effluves d'hôpital. Je hais ce fumet. Je n'aurais jamais pu être médecin. Mais pas que pour ça. D'abord, par manque avéré de compétences, pour l'odeur donc, et aussi parce que je supporte difficilement le visage des gens tristes. Cet air affligé qui déforme leurs traits. J'ai toujours trouvé ça effrayant ! Peu de gens savent souffrir ou pleurer sans virer à l'immondice. Je choisis d'ailleurs mes amies selon ce critère, entre autres. Toutes mes amies sont belles quand elles sont bouleversées. Poétiques même. Béatrice, tu sais, en lisant ces lignes, pourquoi je ne t'ai jamais rappelée. Comme tout le monde, j'ai mes limites.

—Tu as bien frotté ?

Il me dit toujours la même chose. Ses phrases inutiles et répétitives jalonnent ma vie. Je déambule entre elles au quotidien. Et j'aime ça.

—Oui, mon amour. Ça va les enfants ?

—Ils dorment, je crois. Tu peux filer.

Quand je monte dans la voiture, j'exulte. Non, je n'exagère pas, jamais. La résidence pour séniors de ma grand-mère se trouve à exactement huit kilomètres de chez moi. Quand elle a choisi d'y vivre, j'ai trouvé ça parfait. C'est vrai, on allait bien s'occuper d'elle, elle allait pouvoir profiter d'un jardin plus grand que le sien et elle était à une distance raisonnable en footing de chez moi. J'y vais toujours en voiture, mais, si je veux, je peux y aller en courant, et ça, ça fait toute la différence. Madeline insiste bien sur le terme résidence pour séniors. Pas question de lui parler d'EHPAD, déjà parce que ce n'est pas un mot et ensuite parce qu'elle précise volontiers qu'elle est en appartement indépendant avec option soins et repas.

—Mamie, dis-je en frappant doucement à la porte entrouverte.

Elle regarde dehors. Je vérifie, je suis en avance. Je recule et tente une entrée quelques secondes plus tard.

—Bonjour Mamie.

Elle me lance son éternel regard noir. À chacune de mes visites, c'est la même chose. Elle déteste qu'on l'appelle Mamie. Et la faire enrager m'amuse. Ça la maintient d'attaque ! Même si, dans le fond, je crois qu'elle nous enterrera tous. Enfin, j'espère pas Rebecca et Andrea… et moi non plus, cela dit. Sauf si on a un accident de voiture…

—Nina ? m'interrompt-elle.

—Oui, pardon, j'étais partie loin dans mes pensées, très loin. Dis, tu as déjà eu un accident de voiture ?

—Une fois, tu connais ton grand-père…

—Et sa passion pour les slaloms…

—Il avait à peine frotté la carrosserie contre une borne incendie mais j'en ai entendu parler… tu n'imagines pas.

Le moment « faisons revivre Papi » est celui que je préfère quand je vais visiter ma grand-mère (j'adore cette expression, j'ai l'impression d'être une touriste quand je l'emploie…).

—On se plonge dans quel souvenir aujourd'hui ?

—J'ai fait ma petite sélection…

Elle se lève pour aller chercher son carnet sur son guéridon ancien. Avant, il trônait dans l'entrée. Du temps où elle avait une vraie maison. Pas un appartement de standing (comme l'énonce la brochure), qui n'offre rien du charme de leur maison de ville sur trois étages, grenier à surprises compris. Je me demande ce que ce meuble biseauté a bien pu voir.

—Il vient d'où ton guéridon, Maddie ?

—D'un acacia.

Et elle rit. Ses épaules de plus en plus apparentes montent et descendent au rythme de son ricanement aigu.

—De chez ma mère, répond-elle.

- -Il en a des trucs à raconter, je marmonne.

Ma grand-mère ne relève pas. Étrange. Elle semble préoccupée. Viendra bien le moment où elle m'en parlera. Je suis la seule à qui elle se confie. Ça a toujours été. Même gamine elle me parlait beaucoup. Édulcorait peut-être quelques pans de son quotidien. Quoique. Quelque chose en moi me laisse penser, par bribes de souvenirs qui remontent et me confortent dans mon idée, que j'ai construit mon identité de femme, du moins une partie, sur les libertés prises par ma grand-mère. On a de la normalité l'image que nous offrent nos parents et, par extension, nos grands-parents. Et, très tôt, il arrive que l'on se choisisse une figure emblématique. Pour moi, ça a été Madeline, comme une évidence. Et ça continue à l'être. Quand je ne comprends plus Gaël, ou que je n'arrive pas à cerner mes sentiments, en plein cœur d'une dispute par exemple, c'est Maddie qui me dit si je suis dans mon bon droit. C'est son expression. Ah la, non, ma chérie, ton mari est dans son bon droit, tu files et tu t'excuses.

—Bon, commençons, tu veux bien ? reprend-elle.

—Un peu, mon neveu !

—Peux-tu cesser de parler comme les autres pensionnaires ? Sinon pas la peine que je fasse venir de la jeunesse dans ma chambre.

—Tu ne me fais pas venir, JE viens ! osé-je protester.

—Tu viens parce que tu m'aimes mon hibou, chantonne-t-elle en me décoiffant.

Rien ne change. Entre nous, du moins. Ça bloque un peu la temporalité. Cette relation qui ne se modifie pas quand tout tourne autour de nous à une vitesse dingue. Quand je sens l'odeur de ma grand-mère et que je ferme les yeux, j'ai six ou sept ans, une robe trop longue (merci Maman), des souliers vernis de communiante, un collant troué et la main dans celle de Maddie. On marche vers chez le boucher, « pour mon petit plaisir haché » comme elle disait toujours. À la maison, enfin chez eux, papi André épluche les pommes de terre et branche la friteuse, bien loin du rebord, « loin de ma blondinette en sucre ». Salomon, mon frère, est dans le grenier, en train de décortiquer les exemplaires de Géo qu'il a déjà lus mille fois. Il en sortira un découpage grandiose salué par Maddie entre deux coups de fouet dans le saladier à crêpes, utilisé à cet effet seulement, mon préféré. Quand je sens l'odeur de ma grand-mère, le monde ne tourne plus, je n'ai pas accouché deux fois, je n'ai pas décidé de me préoccuper plus de deux petits êtres que de moi-même pour les soixante années à venir. Je suis une enfant, encore saine, mon grand-père n'a pas perdu la boule avant de mourir ridiculement et mon frère n'est pas à l'autre bout du monde avec mes parents. Quand je ferme les yeux, ils sont au travail et s'apprêtent à rentrer, à nous récupérer et à réchauffer des raviolis en boîte. J'ai extrêmement honte de l'avouer mais, par moments, les raviolis en boîte me manquent.

—Tu as raison Maddie et… je t'aime.

—Non. Ne fais pas ça, répond-elle.

—Quoi ?

—Tes mots là…

—Mais, c'est toi aussi…

—Tssss tsss tsss, m'interrompt-elle de sa main bleutée.

Je me renfrogne un peu. C'est vrai, elle exècre les déclarations, elle répète que je peux me les garder pour mon discours d'enterrement, que je dois en garder, que j'ai tendance à tout déballer et, qu'un jour, je serai à court de mots doux, qu'il ne me restera que les râpeux. Mais c'est elle qui a commencé, nananère ! Mince, même Rebecca ne réfléchirait pas comme ça. Je crois que j'ai éternellement les huit ans qu'elle n'aura jamais vraiment. Elle a pensé en adulte dès qu'elle a entamé une réflexion. Comme si elle était faite de strates qui n'étaient pas encore tout à fait siennes. Comme si, en elle, les choses allaient trop vite. De temps à autre, elle me trouve trop immature, pire que les gamines de son école. Ces jours-là, je retire ma robe de chambre wonder woman et j'arrête de courir dans le couloir en rigolant.

—Nina, intervient Madeline, je vais t'en coller des mots tendres, mais n'y reviens pas, d'accord ?

—D'accord.

Elle m'observe, debout. Madeline ne s'assied que quand c'est indispensable. Elle répète que « s'asseoir, c'est mourir un peu ». Depuis qu'elle est vieille, elle développe des tas de théories. Et comme ça fait des années qu'elle est vieille, elle les collectionne !

—Tu es… ma préférée, poursuit-elle.

—Mamie !

De nouveau, le regard noir.

—Si tu m'interromps encore, me menace-t-elle de son doigt anguleux…

Je retiens un « je vais voir ma gueule à la récré ? ». Elle semble avoir quelque chose à me dire, pour de vrai, pas juste qu'elle me préfère à mon frère, ce que je comprends, il vient la voir pour le chèque de Noël seulement et encore, une fois de temps en temps. C'est que c'est pas tout près l'Argentine.

—Sorry, dis-je.

—Et arrête de parler anglais, de suite ! Sinon…

Je reste assise, dans l'attente de sa menace. Elle fait quelques pas vers sa kitchenette, ouvre un tiroir et en sort un couteau, puis s'approche de moi à pas feutrés.

—Tu comptes vraiment me découper avec un couteau à beurre ?

Depuis l'appartement du dessous, on entend des coups de balai. On baisse le volume sonore de notre fou rire qui aurait pu durer toute la vie, enfin toute sa vie plutôt. Maddie se met à tousser puis reprend son souffle.

—Ma chérie, tu ne me rends pas la tâche aisée. Aujourd'hui, finalement, pas de grande plongée dans un souvenir avec Papi.

Elle arrache une feuille de son carnet, à peine tremblotante. J'attends la suite. Je n'ose pas l'interrompre. Très peu envie de me faire scalper au couteau à beurre !

—Mais plutôt un cadeau, pour toi, reprend-elle.

Et elle me tend la page arrachée. Dessus, je peux lire :

Instructions pour une Chasse au Trésor option secret de famille.

—Mais qu'est-ce que c'est que ça, Maddie ?

Elle n'a pas le temps de répondre que l'infirmière vient déposer le plateau du goûter. Madeline s'allonge alors dans son lit, joue la petite vieille épuisée et m'intime de partir d'une voix chevrotante. Je suis poussée dehors par les regards insistants de la jeune infirmière qui veille au bon repos des pensionnaires. Sûre que ma grand-mère avait prémédité l'arrivée de la collation. Sûre qu'elle est déjà sortie de son lit et qu'elle se marre !

Une chasse au trésor. Mais j'ai trente-sept ans Maddie ! J'ai passé l'âge !

Ou pas.

3

MADELINE

J'aime bien Manon, elle est toujours à l'heure. Et elle ne s'éternise pas ! Ne me raconte pas la vie de ses enfants, leurs divers apprentissages, ses doutes. Les autres infirmières, elles, ont tendance à le faire. Elles pensent que les vieux n'ont rien d'autre à faire, que ça les distrait, que ça leur permet de s'évader. Moi, si je voulais m'évader, j'y parviendrais. J'ai toujours réussi à faire ce dont j'avais envie. Plus ou moins rapidement, avec plus ou moins d'aide, mais toujours. L'alarme de nuit ne fonctionne pas et le gardien dissimule des écouteurs sans fil dans ses oreilles poilues. Je le sais, je vais voir Odette presque tous les soirs. Odette, elle est sympa, et son petit-fils aussi (celui qui la fournit en poire, pas l'autre qui lui refile tous les livres que sa femme ne réussit pas à finir). Mais, revenons-en à nos moutons. Manon ne s'attarde jamais. De temps en temps, je lui pose des questions, c'est vrai que ça occupe un peu d'être curieuse. Mais c'est quand je décide, quoi. Elle a un amoureux, un bébé et un chat. Elle aime tricoter, rêver et elle est ponctuelle. Ce qui était parfait pour aujourd'hui.

J'imagine ma petite Nina, retournant dans tous les sens la première feuille de la chasse au trésor option secret de famille, ou en train de la jeter. Non, elle ne ferait pas ça. Elle a toujours été trop docile. Elle est ma préférée. J'aime bien Salomon aussi. Mais c'est pas pareil. Il y a ce petit quelque chose qui me freine. Une ressemblance lointaine qui me chagrine un peu et ce caractère trop indépendant. Il vit en Argentine, mais il ne vit nulle part en réalité. Toujours dans les montagnes, dans les déserts et je ne sais où, à crapahuter à la recherche de je ne sais quoi. Nina me montre des photos et me dit qu'il est très suivi. Ça me dépasse un peu qu'on puisse être payé pour marcher tout seul, tout ça parce qu'on est très suivi. Il aurait un blog, un site internet où il raconte ses aventures. Je devrais peut-être faire ça, moi. Les aventures de Madeline, 90 ans, aux Flocons Verts (oui, ce nom de résidence sénior est le pire de France, mais le jardin est joli). J'y raconterais la cantine, les bisbilles, les vieux qui volent les fromages emballés sur les chariots, les employées qui pestent que c'est pas possible de faire de telles sottises d'enfants, que ça va suffire, qu'elles vont distribuer des bonnets d'âne ! Je pourrais aussi raconter que certains restent au coin des heures durant. Comme le père Besnard, toujours calé à droite du bureau des infirmières, le nez levé vers l'ancien emplacement de la télé. Ils ont fait un salon cinéma depuis. Enfin, un salon cinéma, ça relève du gros mot. Une télé avec un écran relativement grand et une télécommande pour laquelle les plus valides se battent, réprimandés par la mère Toullier qui a pourtant établi un programme d'après un sondage, mais que personne ne respecte. Le seul moment où ils sont d'accord c'est pour s'unir contre elle et sa grille préétablie. À croire qu'ils aiment s'engueuler, pour toujours regarder Naguy au final, parce que c'est ce que tout le monde préfère. Je pourrais en raconter des choses. Mais je n'ai plus trop le temps. Je ne manque de rien. Sauf de temps. Ce sont les poumons. Pourtant, il y a belle lurette que j'ai arrêté de fumer. Je fumais plus pour être moderne que pour le goût à vrai dire. Sauf les cigarillos à la vanille, ceux-là, je les aimais vraiment. À propos du « quelque chose aux poumons » (je ne retiens que les jolis mots depuis cinq ans, une règle que je me suis fixée), j'aurais plus facilement accepté de ne prendre que la part des cigarillos, mais pas le reste. Ça ne valait pas tant le coup que ça. Mais ce qui est fait est fait. Plié. Mon état de santé global était bon. Tous les examens, bons. Les bilans sanguins, bons. On ne comprenait juste pas trop le taux de sucre, vu notre alimentation aux Flocons Verts. Bien sûr, j'ai tu la poire.

Et, tout à coup, ça s'est emballé. Une allumette sur une botte de foin. On m'a envoyée au scanner. Tu parles que c'est utile, à mon âge. Si ça doit lâcher, ça lâche. Mais non, ils tiennent à savoir comment et quand. Et ils me l'ont dit. Contre mon gré. Je me bouchais les oreilles, mais on me l'a écrit. Foutus docteurs ! Moi qui déteste qu'on me donne la météo du lendemain. Je préfère ouvrir mes fenêtres et constater le temps qu'il fait. Pas besoin d'anticiper la grisaille, elle sait déjà se faire une place. J'en ai que pour quelques mois. Pas que je rêvais de fêter mes cent ans, ça non ! Je me serais cassée par la fenêtre comme Allan, mais la blague se serait arrêtée là. Dans la vie, j'ai jamais trouvé de mallette de billets, moi. Je ne suis pas ce genre de personne. Avant de partir, il me reste des choses à faire, plus ou moins réalisables. D'ailleurs, j'ai fait une liste. Revoir Titanic par exemple, ça c'est possible. Revoir ma fille Bénédicte, moins. Je ne vois pas comment la faire revenir de Cachi sans raison. Parce que je ne dirai rien, évidemment. Je ne suis pas annonciatrice de grisaille. Et le dernier item de ma liste, devinez ce que c'est… Revoir André, mon mari ! Il faut avouer que j'ai hâte, même si j'apprécie ma vie aujourd'hui. Je ne suis pas une petite vieille aigrie, je suis plutôt gâtée, la cantine est bonne, le lit confortable et la vue de ma chambre est à couper le souffle (comme si j'avais besoin de ça). J'ai quelques copines et copains sur place (personne ne veut les emporter). Je me sens en forme. Bon, je mets un peu plus de temps à me déplier qu'avant, mais je peux lire, pas de problème de ciboulot qui mélange les mots. Et surtout, j'ai Nina. Nina et ses visites régulières… On remue le passé, on joue au Scrabble de temps en temps (je vous entends penser, j'aimais ça avant d'être pré-croulante) et on rit. J'aime ses confidences, sa fidélité et sa tendresse. Et cet amour pour son grand-père… pour mon André. Ça le fait revivre un peu. Je ne dirai pas à Nina non plus pour le machin-chose aux poumons. Elle ne serait plus naturelle avec moi et je détesterais ça. Non. Par contre, il est grand temps qu'elle sache la vérité. L'autre vérité.

Parce qu'autant je veux être enterrée avec mon fer à friser (pas question de me retrouver le cheveu plat pour mes retrouvailles avec mon André) mais certainement pas avec les secrets de famille ! C'est Odette qui a eu l'idée de la chasse au trésor. Après trois coups de poire. Ça m'a emballée tout de suite mais, mine de rien, c'est du boulot ! Il faut des indices, des lieux où les cacher, une continuité, une manière d'amener l'énigme et un ou une complice. Mais pour ça, pas de problème ! Mon acolyte de toujours a répondu présente. Et, depuis deux jours, tout est prêt. J'ai été prévoyante. On ne sait jamais, si le machin-chose devait m'achever au troisième indice... Ma Nina va enfin savoir. J'espère que ça ne la perturbera pas trop. On ne sait jamais ce que peut déclencher un secret de famille. En tout cas, nos derniers mois ensemble seront ludiques, comme ils l'ont toujours été.

4

NINA

Elle m'impressionne, n'empêche. Organiser tout un parcours, qui a l'air drôlement chiadé (Gaël me rouspète quand j'utilise ce mot, mais comme il n'est pas là…), depuis sa résidence sénior… Tiens, je me demande si elle l'a fait toute seule ou si elle peut compter sur une espèce de gang de vieux en pantalons côtelés qui disposeraient des indices çà et là pour m'amuser. Ou plus pour l'amuser elle. Parce qu'honnêtement, j'ai du travail par-dessus la tête et comme je ne compte pas puiser dans les 43 % d'énergie de mon couple… il va bien falloir que j'ajuste quelque part. Je me connais, je rechigne, mais je vais finir par me prendre au jeu. J'en ai parlé à Rebecca, elle déborde d'enthousiasme. Tout comme Andrea d'ailleurs, qui ne fait que répéter ce que dit sa sœur, ce que fait sa sœur et ce que ressent sa sœur. Rebecca est un atout de taille dans mon équipe. Elle est organisée, méticuleuse et capable de suivre une discipline militaire. S'il faut ramper, je l'enverrai elle. Andrea, lui, farfouillera. Si un papier est caché dans un tronc d'arbre, il ne le loupera pas. Quant à Gaël, je miserai sur ses qualités tactiques, endurance et patience. Voilà, je suis déjà dedans. Mamie tient à ce que nous entamions la chasse au trésor le plus vite possible. Comme toute personne qui entreprend un projet qui lui tient à cœur, elle a l'impression que nous vivions tous dans l'attente de celui-ci. Je nous imagine tous les quatre, pull sur les épaules noué autour du cou, dans le canapé à nous tourner les pouces en rythme. Gaël prendrait la parole et dirait un truc du genre :

—Oh, ce serait bien une aventure familiale pour nous occuper un peu, nous qui errons dans un quotidien trop tranquille, quelque chose comme… une chasse au trésor, mais sans vrai trésor.

Alors que le canapé n'a jamais, au grand jamais, accueilli toutes nos fesses en même temps ! Déjà, parce qu'Andrea doit s'asseoir maximum trois secondes de suite, ensuite, parce que Rebecca a son petit transat réservé, et surtout parce que Gaël rentre souvent tard et que moi je me dépatouille dans la cuisine, quand je ne suis pas au travail ou dans mon bureau. On ne s'ennuyait donc pas avant que Madeline ne se mette en tête de nous occuper. Et ce ne sera pas le cas non plus ce week-end avec la soirée de lancement de roman à laquelle on participe, Gaël et moi. L'aboutissement d'un projet professionnel commun. Le premier, et j'espère pas le dernier. Pas sûre que j'aimerais travailler avec mon mari tout le temps, mais là, c'était carrément bien ! Il a été consultant couleur sur la couverture, épaulant Jérôme le graphiste, et s'est aussi chargé de l'ambiance de la soirée, des niveaux d'éclairage et bien sûr de l'harmonie colorimétrique. J'adore son boulot. Je serais tellement nulle par contre. C'est à peine si je me souviens si c'est maintenant autorisé de porter du noir avec du bleu marine. C'est vrai, c'est une faute de goût inadmissible, puis ça devient à la mode. Qui sait si le vent du marine-noir n'a pas encore tourné ! Gaël, lui, sait. Il conseille en couleurs toutes sortes de professions. Les graphistes, comme pour le fameux roman, les agents immobiliers qui font du home staging pour mieux vendre, les décorateurs, les peintres, les mecs qui concoctent les colorations pour les cheveux... Con-coc-ter, con-cocter, concoc-ter, il sonne bien ce mot, non ? Moi, mon crédo, ce sont les mots. Les jolis, les moches, les petits, les gros. Je suis bibliothécaire et je fais partie du comité de lecture de la plus grande maison d'édition du monde. Ou presque. Pour moi elle l'est, en tout cas. Ce que je suis fière de cette partie de mon travail ! Quatre ans que j'arrondis mes fins de mois en lisant. Je me sens comme une addicte au sexe payée pour avoir des orgasmes. Ou presque. Je ne sais pas si la comparaison est judicieuse, mais je vous la laisse, faites-en ce que vous voulez. J'ai voté contre ce fameux roman, mais j'étais la seule alors les autres m'ont convaincue. « Ça va vendre », qu'ils répétaient. J'ai cédé. J'avais deviné la fin au bout de huit pages, mon record (les fils tirés étaient si gros que je me suis pris plusieurs fois les pieds dedans). C'est vrai que l'écriture n'est pas désagréable, relativement fluide, les images mignonnes. Du précuit, en somme. L'auteure a une belle gueule, produit ce que les gens veulent lire, répond à une demande, une envie, un besoin, bankable ! D'où ce lancement incroyable pour un premier roman. Le cheval de course de l'écurie. Ils vont sortir le grand jeu, traiteur, projections 360, mise en scène artistique de la première scène du bouquin, un de ces tintouins ! Je ne sais pas encore comment m'habiller. Je suis loin d'être la star de la soirée, je ne suis que le rat de bibliothèque qui a reçu un manuscrit et donné son avis. Négatif. Et si je mettais un tee-shirt noir et une jupe bleu marine ? Juste pour voir la tronche de Gaël. Jérôme, lui, partirait dans un long discours sur les tendances. Il est un peu étrange, ce type. Je ne comprends pas trop pourquoi Gaël l'aime bien et l'appelle souvent. Ils parlent de trucs de geeks et jouent au golf en ligne sur leurs téléphones. D'ailleurs, on doit l'inviter à dîner bientôt. Je suis ravie…

J'ai juste le temps de déposer les enfants chez Marthe, ma meilleure amie, avant de rejoindre l'atelier d'artistes où a lieu la soirée.

***

Mon Dieu, l'auteure s'approche de moi pour me remercier… Je manque d'avaler la framboise glacée qui flotte dans mon champagne. J'articule un « de rien » timide. Alors que je déteste cette formulation. Même si, à bien y réfléchir, c'est la plus appropriée là maintenant. Gaël et moi, on se regarde en coin en se demandant à quel moment on peut filer sans que ça soit mal pris. À 22 h, on s'échappe dans un bar à vin pas loin. On boit un verre et on décortique tout. Notre instant crevette. Ensuite, c'est Gaël qui lance le sujet :

—Bon, et la chasse au trésor de Madeline ?

—M'en parle pas, ça m'épuise déjà.

—Je crois que ça peut être sympa. Un truc de cohésion, marmonne-t-il, un peu saoul.

Et on rentre. La suite ne vous regarde pas. Vraiment pas. Toujours pas.

Quand on récupère les enfants le lendemain matin, on leur promet que le samedi suivant, c'est recherche du premier indice pour tout le monde.

Le moment venu, on ouvre les instructions et on pense en chœur, mais sans le formuler : « Elle exagère ! ». Elle n'aurait pas juste pu faire une phrase en points à relier ? Une devinette ? J'sais pas moi. Ou simplement me révéler ce fichu secret ! Mais non. Ma grand-mère n'est pas si simple que ça. Pas juste une mamie gâteau qui raconte sa vie en fouettant la pâte à crêpes. En tout cas, plus maintenant. Depuis son QG, j'ai bien l'impression qu'elle compte nous manipuler comme des marionnettes. Son dernier jeu. Je vacille entre l'admiration et l'agacement quand je découvre le début de son plan (maléfique ?). Je m'imaginais, qu'au pire, elle nous enverrait chez Auchan, rayon livres, à la recherche d'un roman d'Agatha Christie, qu'il nous faudrait trouver le bon, à la bonne édition, ouvrir la page 43, assembler tous les mots des premières phrases et découvrir ainsi le premier indice. Eh bien, non, ça aurait été trop doux, trop facile et pas assez loin ! Au lieu de ça, nous voilà embarqués dans une excursion qui frôle l'absurde, tous attachés dans la voiture direction un bled inconnu à une heure de route, pour trouver un champ de pommiers. Vous vous doutez que ce n'était pas écrit de la sorte, Rebecca a résolu un rébus. Sur le chemin, je maudis un peu ma grand-mère. J'ai envie de tout (ou presque), sauf de faire de la bagnole. Je rêve de mon canapé et d'un bon bouquin ou, plus honnêtement, d'une série. Un truc chronophage qui ne demande pas une grande réflexion, une enquête policière prémâchée par exemple. Je n'ai pas osé suggérer à Gaël d'aller seul avec les enfants trouver le fameux champ de pommiers. Et puis, s'il avait accepté, j'aurais encore expérimenté la sensation désagréable qui m'envahit quand je refuse une activité de groupe. Je sais que je n'en ai pas envie, mais j'ai toujours peur de regretter et de passer pour la fille qui se fait prier alors que non, vraiment, me faire sucer les orteils par des poissons ne me botte pas. Bref, je suis dans la voiture côté passager, un peu shootée pour l'occasion je l'avoue, à regarder défiler la campagne en me convainquant qu'il ressortira du positif de cette journée, de la cohésion comme dirait Gaël. Je me répète ce mot à peu près cent fois pendant le trajet, quand Andrea hurle parce que sa sœur ne veut pas jouer avec lui derrière, quand Gaël me ressasse que, vraiment, il faudrait inviter Jérôme, quand Rebecca me rappelle que je suis nulle en organisation de chasse au trésor juste parce que j'ai foiré celle de son anniversaire, quand Andrea s'époumone de nouveau parce qu'on arrive quand ? Parce qu'il a faim. Parce que c'est long, Maman ! *Cohésion Nina, cohésion.* Finalement, Rebecca insiste pour une pause pipi, ce qui me donne une bonne excuse pour prendre l'air. Sa main dans la mienne sur le chemin du retour à la voiture, Rebecca m'avoue qu'elle s'est disputée avec sa copine Amélie.

—C'est pour ça, Maman.

—Pour ça que quoi ?

—Que je suis ronchon.

—Tu me racontes ?

—Oui, mais que toutes les deux.

Et elle se blottit contre moi. Mon grand bébé. Ma grande saucisse. Avant-hier, elle faisait la taille d'un haricot magique dans mon ventre et hier, agglutinée à mon sein pour téter, ses petits pieds dépassaient à peine sous mon nombril. *Hier encore, j'avais vingt ans, je caressais le temps et jouais de la vie comme on...*

—Bon, les pisseuses... lance alors Gaël, on peut y aller ? Je reprends mes esprits, décolle doucement Rebecca de ma taille et l'attache dans la voiture, comme je le faisais quand elle était plus petite, avant qu'on ne la bombarde de ce gros mot pour elle qu'est l'autonomie, avant qu'on ait simplement moins de temps à lui consacrer parce qu'est arrivé le second champignon, notre adorable, mais casse-pieds, Andrea. Rebecca a pour mission de déplier le poème opaque rédigé en italique par notre chère Maddie, dont je sens la présence dans l'habitacle. Non, ça ne sent pas la naphtaline, simplement je croirais entendre son rire malicieux et voir ses frêles épaules bouger au rythme de ses zygomatiques.

Dans une cabane, il se nichera. La cabane de papi André, au milieu des pommiers, qu'avec plaisir tu redécouvriras.

Gamine, il t'y emmenait souvent, tu parcourais les allées, parlait avec le paysan, le paysan du d'à côté.

À ce niveau du poème, Gaël et moi on se regarde et on se dit que soit la vieille a perdu la boule, un peu, soit le message caché est là. Dans ce « du d'à côté ». Mais Rebecca ne remarque rien et continue sa lecture. La fin est un peu niaise, je vous l'épargne. En bref, ce champ appartenait à mon grand-père, il m'y a souvent emmenée, je fricotais avec le gamin du paysan du champ d'à côté, on se faisait des colliers de pâquerettes et je croquais les pommes prévues pour la tarte pour être sûre que mes dents fonctionnaient encore. Rebecca se moque, suivie par Andrea qui n'a pourtant rien compris. Il va penser par lui-même à partir de quand ?

—T'es renfrognée, commente Gaël.

—Non.

—Si.

—Oui, mais ils se foutent de moi, aussi !

—Nina… Ce sont des enfants !

—Et alors ?

On tourne en voiture, bien arrivés dans le bled, mais toujours à la recherche du champ. C'est Gaël qui, au bout de dix bonnes minutes, remarque le panneau. *Le d'à côté.*

On descend. On se dégourdit les jambes. Et Rebecca les prend à son cou, trouvant la fameuse cabane. C'est alors que je panique. J'ai peur qu'un chien la suive, que la saison de la chasse soit ouverte, ou s'ouvre tout à coup sur ce petit gibier qui court dans un champ, à vue. Et puis, rien. Je me souviens juste de cet endroit, de mon papi qui riait, grimpé sur un petit tracteur qui me semblait un engin immense. Mon papi, qui me tendait la main en me caressant de ses « ma chérie, ma petite chérie ». Dans ces pensées qui rejaillissent, Salomon n'est pas là. Ou bien l'ai-je effacé de ma mémoire pour m'approprier ces souvenirs, comme une voleuse. Rebecca est déjà en train de retourner la cabane quand on fait grincer la porte. Elle hausse les épaules dans ma direction, déçue de ne pas m'offrir le premier indice. Je la rassure :

—Oh, mais, ma chérie, compte sur Maddie pour nous faire tourner en bourrique un peu plus que ça.

C'est à cet instant que Gaël repère un papier coincé entre deux lames de bois du toit. Il le fourre dans sa poche et décrète qu'une promenade dans le champ et sur-le-champ s'impose avant de nous lancer à corps perdu dans la quête du secret de famille. Il a surtout remarqué une légère panique en moi. Temporiser est une bonne solution. Gober un faux Mentos aussi. Les effets sont rapides. Tant mieux. On se promène. On ne croise personne. On en est au dessert, dans un restaurant de bord de route, quand on découvre l'indice :

« Francis Tousseul

Olivier Moktar

Georges Lavergne

Kamel Ehond

Martial Saybon

Voilà, ma chérie, il est temps que tu saches qui était réellement ton grand-père. »

Le trajet du retour se déroule dans un silence religieux. Pas même un gosse dans le fond de l'église qui fait tomber son livre de prières ou une vieille qui toussote. Les enfants succombent à la fatigue, Gaël à la réflexion et moi à la panique sourde. Je tâte le paquet de Mentos dans ma poche et réussis tant bien que mal à me raisonner. Si j'en reprends un, je vais transpirer ou bien ça va me démanger, une chance sur deux. Je dois me contrôler seule. Pas d'autre option. *Exemplaire, je suis une femme exemplaire.*

5

Le lendemain, je ne suis toujours pas sortie de ma torpeur quand Gaël entame la préparation de son sac. Je déteste ça. Si je pouvais je ferais comme les chats, à me fourrer dedans pour l'empêcher de me laisser. Mais j'ai dépassé les standards cabine.

—Arrête ça, me dit-il.

—Arrête quoi ?

—Ta tête, là.

Je fais mine de la retirer, tirant sur mon cou comme pour la poser sur la table de chevet.

—J'y arrive pas.

—Je ne pars que cinq jours, cinq petits jours, me supplie-t-il du regard.

—Tu sais ce qui peut se passer en cinq jours ? Tu peux avoir trois accidents de voiture. Au bas mot !

—J'y vais en train, fanfaronne-t-il.

—Ton wagon peut dérailler, tu peux mourir électrocuté à l'hôtel, les enfants peuvent développer une maladie bizarre, plein de boutons partout, même sur le blanc des yeux. Et moi, je peux mourir d'impatience.

—Qu'est-ce qui ne va pas ? Crache le morceau.

—La liste, je bougonne, ça rime à quoi ces noms ? Et cette phrase à la con « Il est temps que tu saches qui était réellement ton grand-père » ! Je suis colère.

Gaël a arrêté depuis longtemps de me reprendre sur cette expression. Ma mère dit ça, j'ai toujours cru que c'était la formule correcte. Rebecca l'utilise aussi. Y'a pire comme héritage.

—T'as regardé les noms sur internet ? s'interroge-t-il soudain.

—Un peu mon n'veu ! Rien, que dalle, un profil Facebook privé pour Olivier Moktar, pour les autres, inconnus au bataillon.

Puis, je tente de faire perdre la notion du temps à Gaël pour qu'il loupe son train. Je n'ai pas dit que c'était très mature. J'ai préparé trois entrées que je tarde un peu à servir, oh pas beaucoup pour ne pas éveiller ses soupçons, mais un peu quand même. J'encourage les enfants à se lancer dans de longs discours qu'on ne va tout de même pas interrompre. Gaël a compris mon cinéma. Il semblerait qu'il me connaisse. À 15 h, il file. Son train pour Honfleur ne l'attendra pas. Sur le chemin de la gare, il n'a pas d'accident, il n'est pas électrocuté à l'hôtel et les enfants ne déclarent pas de maladie étrange pendant cinq jours, mais moi qu'est-ce que je cogite. Je vais développer une tumeur au cerveau si je continue. Il paraît qu'un choc peut provoquer un cancer, pourquoi une grande réflexion ne pourrait pas créer une boule de questionnements finissant en kyste ? Chaque soir de ces cinq jours, je tente de ne pas réfléchir, pas trop. Et de ne pas forcer sur les doses. Je maintiens mon rythme de croisière et je finis la dernière saison de Grey's Anatomy. Je ris, je pleure, je fais le point sur ma vie et, comme d'habitude, j'envoie des textos dégoulinant d'amour à Gaël qui, au bout du quatrième, me répond : « Tu as bientôt fini la dernière saison ? ». Il se moque de moi, souvent, et j'aime bien ça. Je pourrais lui cacher mon côté midinette, ma facette fofolle, mes idées bizarres, mais ce serait tricher. Et puis, en vrai, je ne peux pas. Je ne sais rien lui cacher. Presque rien. Même si je sais à l'avance que je vais lui offrir sur un plateau une réflexion idiote. Et c'est ce que je fais quand il rentre.

—Je crois que Francis Tousseul, Olivier Moktar, Georges Lavergne, Kamel Ehond et Martial Saybon étaient des amis de Papi, morts tragiquement à la guerre.

Je récite ça comme un discours militaire, debout, concentrée et très raide. Gaël n'a même pas posé son sac que je lui balance ma vérité, mon secret de famille, comme ça.

—Et à quelle guerre exactement, mon ange ?

Il ne ricane pas, mais je l'entends quand même.

—Bah, la guerre quoi. La mondiale, je susurre en retournant vers le canapé, où m'attend mon Malbec réconfortant, lui.

Gaël dépose ses affaires dans notre chambre trop vide de lui les jours précédents, va embrasser le front des enfants qui dorment déjà, ouvre le frigo sans trouver de quoi se faire plaisir, croque dans un carré de chocolat du tiroir magique et me rejoint.

—Ton grand-père avait dix ans quand la guerre a éclaté, Nina.

—Ah, je dis, me sentant un peu idiote... Bon... Et t'as une meilleure idée, toi ?

—Non, j'ai pas eu le temps de réfléchir à ça cette semaine, je t'avoue, mais, dans tous les cas, ce n'étaient pas des potes de régiment.

Il attrape mon verre, boit une gorgée et valide la qualité du breuvage d'un hochement de tête. Son petit tatouage dans le cou se plisse juste comme j'aime bien. Je respire un grand coup et rebois un peu.

—Je les voyais bien, moi, étalés au sol, ayant reçu une balle chacun... pour l'un dans la tête, pour l'autre dans le flanc... — Tu dois arrêter les séries médicales, ma chérie.

—Tu dois arrêter de partir alors, je dis en me blottissant contre lui.

—J'essayerai... mais c'était tellement bien.

Et il me raconte. Tout, même le contenu du petit-déjeuner de l'hôtel. J'adore quand il raconte, c'est mon narrateur préféré. Il me berce de ces barques colorées qui gardent les bâtisses très hautes et trop étroites, il me décrit les gens avec qui il a travaillé, surtout les détails vestimentaires, ce qui l'a choqué. Le projet d'hôtel a l'air super, il a pris des tas de photos, s'est imprégné de la ville, de la vie d'eau, des odeurs. Et maintenant, je le connais, il va passer des heures à dessiner, colorier et à être payé pour ça. En l'écoutant, je sirote un peu trop, mince, d'habitude je fais attention quand il est là. Tout à coup, il fait jour. Je me réveille en nuisette en satin.

—Bah quoi, si c'est moi qui te mets en pyjama, au moins, je le choisis, commente-t-il.

Je m'aventure à écouter la maison silencieuse. J'adore me lever avant les enfants, c'est comme si j'étais entrée par effraction chez quelqu'un d'autre. Comme si je pouvais déambuler dans le salon de mes voisins, observer ce qui traîne, ouvrir les tiroirs et fouiller dans les placards. On voit rarement Rebecca et Andrea avant 9 h 30. Des mini-ados. Le week-end, j'entends. La semaine, il y a l'école, la routine, le lever très tôt, les « vite vite » qui se transforment en « bite bite » chez Andrea et pour lesquels je n'ai même pas le temps de rire. Tout est chronométré. C'est pour ça que j'aimerais vivre tout le temps en week-end ou en vacances. Mais, pour ça, il aurait fallu trouver le truc à inventer au bon moment, le fabriquer et le breveter, pas être bibliothécaire. Si seulement j'avais développé une passion pour l'électronique de pointe plutôt que pour les bouquins ! J'en suis là de mes pensées, café au lait à la main et cheveux en pétard, quand un petit corps se blottit dans mes genoux.

— Andrea, mi amor …

Les yeux encore plissés de sommeil, il me tend les bras et on se jette ensemble sur le canapé gris. Rejoints par Rebecca, on guette les bruits dans la cuisine. Gaël prépare des œufs. Notre samedi se passe bien. Il fait un beau temps de chien et on joue à l'intérieur, Rumikub, mille bornes, cabane et loto des animaux. Un samedi tellement fou fou ! Un samedi parfait qui ne nécessite aucune double dose. Jérôme annule notre dîner prévu chez lui. Gastro. Il fait bien. (Et il fait souvent… à cause de la gastro. Pardon). J'invite alors Marthe et son amoureux. On couche les enfants tôt et c'est fromage party ! Là, entourée comme je le suis, lovée dans une soirée imprévue, les meilleures, je me dis que rien ne me manque. J'ai tout. Il faudrait que j'arrive à me reconnecter à ces éclairs de conscience quand je ne maîtrise pas mes émotions. Mais ça serait trop simple. Gaël m'accompagne à la cuisine pour aller chercher la vinaigrette. Au cas où le bol serait trop lourd.

—Tu veux leur parler d'la liste ? Ils pourraient nous aider, propose-t-il.

—Non !

Ma propre réaction me surprend. Il n'ajoute rien et va rejoindre nos copains. On parle de Mike Horn. Mike Horn c'est Olivia Pope en homme. Des super-héros en civil. Capables de tout à partir du moment où ils ont décidé d'essayer. Quand je galère à ouvrir un pot de confiture et que je suis sur le point d'abandonner, je me dis : *qu'aurait-fait Mike Horn ? Il l'aurait défoncé ce pot de confiture ! Il ne se serait pas laissé faire ! Et alors ! Qui gagne ? Moi ou Bonne Maman ?* Et puis je tends le pot à Gaël, mon Mike Horn à moi. Je n'ai pas envie de partager ce truc de la chasse au trésor parce que j'ai un plan. Enfin, j'envisage d'avoir un plan : lister les théories et les invalider les unes après les autres. Pas bête la guêpe, hein ? Et puis, je le prends comme un challenge personnel. C'est MA mission, MA famille, pas celle de Marthe, pas celle d'Olivier. La mienne, et je dois résoudre l'énigme, pas être passive. Je suis Zelda ! En avant !!! Ou Sailor Moon ! Ou Wonder Woman…. Ou plutôt Fran Fine, tout bien réfléchi, moderne, déterminée et souriante.

6

Madeline porte une nouvelle robe. Je louche sur mon jean un peu trop clair, mon tee-shirt qui a tendance à remonter et mon gilet mal boutonné. À peine le temps de remettre le tout bien en place que j'entends un :

—Mais comment donc que t'es attifée aujourd'hui ?

Elle est debout, zieutant dehors. Son rituel d'avant ma visite. Je suis sûre qu'elle sent ma présence dans son dos, à chaque fois, mais qu'elle attend et fait durer le plaisir. Son petit moment. D'autant qu'elle me voit marcher le long de la grande allée avant d'entrer dans le hall commun des Flocons Verts. Elle dit que non, qu'elle regarde au loin, mais Madeline ne dit jamais tout. Et se trahit, parfois.

—Comment ça va aujourd'hui, ma petite chérie ?

—Très bien, très bien.

Son regard est un peu vague et sa voix déraille un chouïa.

—Alors, cette chasse au trésor ? Avez-vous commencé au moins ?

Je la laisse languir quelques secondes. Après tout, c'est ce qu'elle fait, elle, avec son grand mystère !

—Euh… c'est-à-dire que… nous sommes des gens très occupés et….

Son regard noir et taquin à la fois me pousse à lui dire la vérité. Elle m'a à chaque fois.

—Oui ! Et je suis colère, Mamie !

Ce « Mamie » tombe comme un uppercut.

—Oh, parce que ?

—Parce que tu compliques les choses !

—Mais la vie n'a jamais été simple, ma chérie. Même si, pour toi, je trouve qu'elle l'est un peu trop.

—Comment ça, trop simple ?

J'étouffe discrètement la culpabilité d'avoir besoin d'une soupape chimique dans ma petite vie « trop simple ».

—Tu vis sur ton nuage avec ton mari parfait et tes deux enfants charmants, vous avez du boulot, une jolie maison et tu as une Maddie géniale.

Elle m'énumère tout ça comme un reproche. Ça m'arrive souvent. Et je trouve ça injuste. Dès que je dis que je suis heureuse, c'est comme si je voulais narguer les gens, souligner leurs problèmes, mettre le doigt sur leurs failles. Alors que j'exprime juste mon bien-être.

—Et je dois m'excuser d'être heureuse ?

—Non, ma Nina, pas du tout. Simplement, je t'offre la possibilité de corser un peu ta vie.

—Trop aimable Maddie, trop aimable.

Si elle savait comment je tiens depuis si longtemps… Mais bon, chacun fait comme il peut, non ? Et puis, l'un dans l'autre (oui, cette expression ne veut rien dire), je m'en sors plutôt bien, pour l'instant.

—Alors, raconte, bon sang, trépigne-t-elle.

Et je lui explique, tout, mon agacement, l'idée de cohésion de mon cher mari que j'aime, j'en remets une tartine, un peu de provoc n'a jamais tué personne. Je parle aussi des enfants qui hurlent dans la voiture, du fait que nous envoyer à une heure de route était un peu exagéré et je dis qu'on a trouvé la liste. Ses yeux pétillent. Le bleu très légèrement délavé semble se recolorer momentanément.

—La liste, elle murmure.

—Oui, la liste.

Je m'enfonce un peu plus dans le fauteuil. Comme si je pressentais que cette quête serait longue et périlleuse et que la petite grand-mère devant moi n'allait m'aider qu'avec parcimonie. Là, tout à coup, je la vois venir. Elle va me parsemer des indices opaques, rire de me voir creuser une fausse théorie, me balancer une pincée de sel et attendre. Je tente malgré tout une approche offensive.

—Qui sont les gens sur la liste, Maddie ?

Elle me dévisage, l'air étonné. Se lève. Tiens, elle est assise depuis pratiquement le début de ma visite. Ratatinée sur sa chaise, elle perd en prestance. Elle déplie ses jambes patiemment et entreprend de faire des tours de bocal, comme elle les appelle. Mains unies dans le bas du dos. De temps à autre, elle hoche la tête sans explication. Comme si elle hésitait à tout me révéler d'un coup. Je suffoque d'espoir. Ne me jugez pas, je vous l'ai dit, je suis nulle en énigme !

—Tu le découvriras ma douce, mais je ne te dirai rien ! C'est pas du tout cuit la vie. Tu dois être méthodique et patiente.

—Tout vient à point à qui sait attendre, c'est ça ?

Elle rit.

—Et les enfants, comment ils vont ?

J'accepte le changement de sujet, comme un souffle. Je raconte Rebecca et ses problèmes de socialisation à l'école, ses disputes avec Amélie. Je décris les bêtises d'Andrea qui amusent énormément Maddie. Elle l'imagine aisément ratiboiser aux ciseaux les poils de sa peluche mouton parce qu'elle avait besoin d'aller chez le coiffeur, lui découper le bras « cassé » et en sortir la mousse pour le soigner, et enfin se couper une mèche de cheveux sur le dessus du crâne avant de la fourrer dans les chaussons de son père… Bientôt, je les amènerai. Ce serait bien, oui. C'est vrai que je pourrais venir avec eux, avec Gaël aussi, mais je suis du genre égoïste pour ça. C'est MA grand-mère. Ce temps avec elle est si précieux que le partager m'agace. Et puis, quand je suis aux Flocons Verts, je ne suis pas épouse, je ne suis pas mère à tout le temps devoir éviter que mes marmots fuient et renversent une urne funéraire en riant, je suis petite-fille de Madeline et d'André, fille de Bénédicte et Armand. Et sœur de Salomon. Même si on parle rarement d'eux.

—Pour la liste, me dit Maddie juste avant que je parte, est-ce que tu as une théorie ?

—J'ai cru que c'étaient des copains de régiment de Papi, morts à la guerre.

Elle se retient de pouffer.

—Nina, tu n'as jamais été douée en Histoire, ma doucette. Jamais.

—Pas faux.

Elle me fusille du regard. Elle déteste cette expression.

—C'est vrai que j'ai toujours été limite en Histoire. Gaël m'a expliqué que Papi avait dix ans quand la guerre a éclaté, un peu jeune pour être appelé !

—Ton grand-père n'a jamais fait la guerre, non. Olivier, Kamel, Francis, Georges et Martial ne sont pas des soldats. Ton Gaël a raison.

—Comme toujours, je dis les yeux en gelée brillante.

—Oh, arrête donc avec tes niaiseries. Midinette, va ! S'il est si fort, quelle est sa théorie ?

Elle tapote du doigt sur l'accoudoir.

—Il n'a pas eu le temps d'en élaborer une, je réponds, agacée. Et, de toute façon, c'est moi qui vais trouver, ça ne doit pas être si sorcier que ça !

—On verra, me dit Maddie en me tendant un nouveau papier. Bon courage, mon espionne. Tu reviens vite ?

Je neutralise son petit regard suppliant en la serrant dans mes bras. Peu encline à ce genre de démonstrations affectives, elle se laisse pourtant envelopper quelques secondes. Je décide de ne déplier le papier qu'au calme. Ce nouveau message me perturbe. Je suis tiraillée entre l'envie de le jeter par la fenêtre de ma voiture et d'abandonner cette quête idiote, après tout, tous les secrets ne sont pas bons à connaître et celle de m'y jeter entièrement, de me peindre des traits kakis sur le visage et de remuer ciel et terre pour découvrir qui était réellement mon grand-père. Mais je serais bien capable de faire une allergie au maquillage kaki.

7

MADELINE

Mon André soldat. Ma petite Nina, ton imagination te joue des tours, décidément. Tu as toujours été comme ça, dans tes livres, dans des possibles qui ne l'étaient pas. Tu jouais seule, tu inventais des personnages qui te donnaient la réplique. C'était un bonheur de te garder et de te regarder. Tu débordais d'histoires à raconter, tu brodais si bien qu'on finissait par croire, avec André, que notre grenier était peuplé de petits bonshommes féériques, d'elfes comptables, de princesses estropiées, mais jolies tout de même, de princes tolérants, de rois gentils et de reines maléfiques. Alors que, dans le grenier, il y avait juste Salomon qui voyageait dans sa tête en admirant des photos du monde. J'aurais aimé partager plus avec lui, mais il n'était jamais vraiment là. Et ça se comprend. Et puis, cette ressemblance avec son père m'a toujours désarçonnée. J'ai été une bonne grand-mère avec lui, honnêtement. J'ai fait ce que j'ai pu avec les armes que j'avais. J'ai été patiente, j'ai tenté des approches, mais la vie est aussi faite d'affinités. Avec André, il parlait un peu. Il faut dire que mon époux était particulièrement cultivé, il n'avait jamais vadrouillé, mais c'était comme si. Quand il s'intéressait à un pays, tout y passait, du nombre d'habitants aux coutumes gastronomiques. Il était curieux de tout.

Soldat ? Il aurait pu faire mille métiers, mais pas soldat. Pas qu'il n'était pas adroit ou pas stratège, mais l'armée n'était pas son monde. Il ne comprenait pas la guerre. Tout ce qu'il en voyait, c'étaient des corps qui tombaient, des orphelins pour la cause, des veuves pour des valeurs et des fils morts. Non, Olivier, Martial, Francis, Kamel et Georges n'étaient pas des frères d'armes. Nina, tu finiras par trouver. À temps j'espère… Je me sens de plus en plus faible. J'en ai parlé au médecin. Il a haussé les épaules et a posé sa main sur la mienne. Tu parles d'une avancée, toi. Je me fais un thé, et je sors un Goulibeur. Faut pas se laisser abattre, comme on disait dans les tranchées. Je m'assieds. Pas longtemps, je vous entends penser. Je ne vais tout de même pas rester debout toute la journée ! Avalée par mon fauteuil, je m'imagine femme de soldat. Avec André, on serait nés un peu avant, une vingtaine, trentaine d'années tout au plus, on se serait mariés, on aurait été heureux quelques mois et le ciel serait devenu noir, les obus auraient sifflé et la terre aurait volé. J'imagine les choses comme ça. Une guerre de bruits. À la place de la musique entraînante, des bourdonnements agressifs et des cris. Une guerre d'odeurs aussi, celles du jambon frais et des plats en sauce remplacées par celle du pain sec qui en manque. L'odeur des corps qui dansent, battue par celle de la peur. La rondeur et l'acidité, la mélodie et les cris. On serait donc de jeunes mariés et mon André serait appelé. Une lettre, déposée ou remise en mains propres, je ne sais pas trop. Son nom. Une convocation, une date de séparation, un nom de régiment, un numéro ? Mon époux serait devenu un numéro. Comment vit-on avec ça ? Malgré ça ? Comment vit-on la peur au ventre de ne jamais le revoir ? De ne pas pouvoir de nouveau l'étreindre. Le croquer. L'embrasser. Lui reprocher de ne pas laver correctement son assiette. De mal essuyer les flûtes à champagne. Comment erre-t-on dans une maison tout à coup silencieuse de son mari sans savoir si les bruits reviendront ? Enfin, je dis ça, ça m'est arrivé. Mais à l'âge normal. Ça ne diminue pas la peine, mais on s'y est préparé. Moi, mon André est parti bien avant la date de sa mort. Il a passé quelques années dans un monde parallèle où il ne semblait pas malheureux, mais duquel on était exclus. Ça s'appelle Alzheimer, un territoire étrange à la temporalité bien biscornue. Tout s'y mélange, les êtres, les époques, les endroits et les mots. Sûre qu'on peut y trouver de la poudreuse dans le désert. Barack Obama au bras de Macron à une assemblée romaine. Shakira danseuse de Cloclo. Marylin Monroe valsant avec François Hollande. C'est ce qu'André semblait voir parfois. Ses petits yeux rieurs dansaient le charleston. De temps en temps, par contre, ils noircissaient. Sans raison apparente. Je me suis déshabituée de lui petit à petit. Il a accompagné mon deuil, m'a rendu les choses plus faciles. Maintenant, j'attends d'aller le retrouver, mon André à la mémoire intacte. Oui, parce que, dans mes projets, il est monté au ciel avant Alzheimer, par petits morceaux. Sa lucidité a entamé l'ascension avant son corps, c'est tout. Et, quand on se retrouvera, on sera raccord. Comme on l'a été tant d'années. Mon amour, j'arrive. Et plus vite que prévu. Tant mieux. Mais avant, je fais enrager Nina. Sûre que tu aurais approuvé. Et même que tu aurais corsé l'histoire. Filou, va !

Non, je n'ai pas été femme de soldat, je n'ai pas expérimenté la peur de la mort de mon mari. Les morts que j'ai vécues, pour la plupart, je n'ai d'ailleurs pas eu le temps de les appréhender. Comme des corps qui tombent d'une falaise. Oh bien sûr, j'ai eu quelques amies avec une maladie traînante, un cancer qui a duré, rémission, rechute, rémission… À force, on ne savait même plus pourquoi on trinquait, pour encaisser la nouvelle ou pour la fêter. Pour ce qui est des autres, les soudaines, je les ai listées. À mon âge on a tôt fait d'oublier, et ne plus se souvenir d'un mort c'est le tuer vraiment. Certaines personnes ne subsistent plus que grâce à ma caboche qui, de temps en temps, les réanime. Le curé du village décédé en tombant de son échelle à 84 ans, qui s'en souvient ? Qui, régulièrement, ravive le souvenir du père Michel ? Aussitôt clamsé, aussitôt remplacé ! Et ma vieille voisine sans famille qui s'est intoxiquée au monoxyde par inadvertance ? Occasionnellement, j'allume une bougie (que je n'oublie pas d'éteindre) pour qu'elle ne meure pas totalement dans la mémoire collective. Collectivement mienne. Je vous épargne la suite. Et puis, j'ai fait une liste de mes deuils aussi. Ce qui est différent. Je m'explique : pour la voisine, c'est une mort, pas un deuil. Pour le curé, c'en est un mini, je l'aimais bien, il nous a mariés tout de même. Pour mes amies proches, un deuil difficile, je liste les cinq meilleurs moments avec chacune, ça m'aide. Pour les chagrins importants, la colère est partie, le temps a patiné ma peine, les phases se sont succédé, le manque s'est estompé et la tristesse est moins acerbe. Sauf pour un, évidemment. Pour celui-ci, même le temps est impuissant.

J'ai donné la seconde étape à ma petite Nina, je l'imagine déjà en train de lire le papier avec Gaël. Bien sûr qu'elle le lira avec Gaël, elle veut se convaincre qu'elle réussira seule et elle le pourrait, je n'ai pas dit le contraire, mais elle aime tout partager avec lui. C'est un bon gars, un brin timide au premier abord, mais, sans être parfait, il possède toutes les qualités d'un bon mari. Comme le père de Nina, Armand. Quand j'entends parler de toutes ces filles célibataires qui rêvent juste de fonder une famille, je me dis que tout est devenu bien trop compliqué. Les gens courent et ne s'arrêtent jamais. À quoi bon ? Oh, je pense comme une vieille bique ! Il paraît que ça va m'arriver de plus en plus. Ça fait partie du lot, me dit la psychologue des Flocons Verts. Entre nous, c'est moi qui finis par écouter ses malheurs. À la fin de chaque séance, elle me demande pardon. Elle dit qu'à la consultation suivante ce sera mon tour, que je peux même inventer des traumatismes pour la détourner des siens. Mon petit doigt me chuchote qu'elle va finir par quitter l'établissement. Peut-être pour un autre où elle aura une jolie chambre avec vue sur le parc et de gentils médecins qui l'aideront. Elle est mignonne, mais elle en tient une couche. L'infirmière du soir me coupe dans ma réflexion : c'est l'heure du dîner.

—Oui, je sais, me dit-elle, on sert le dîner à l'heure de l'apéro.

—À peine ! À 18 h 30, avec mon André, on en était à presser les citrons pour préparer le cocktail.

Et Fatima s'assied. Pour mon bon plaisir, elle prend toujours quelques minutes, chacun de ses soirs de service. Je lui livre une recette, comme un récit. Courte. Là, celle du GingoCointreau ; un cocktail inventé par André. Gingembre mixé, Cointreau n'en faut, eau gazeuse, jus de citron et une pincée d'amour au curcuma. Fatima ne boit pas, mais peu lui importe, elle écoute. La pensionnaire suivante, la dernière de l'étage à recevoir le repas, mangera un peu moins chaud.

—Mais elle est gâteuse, avoue Fatima, elle ne s'en rend pas compte. Et j'aime bien vos histoires madame Madeline.

Lorsque Fatima referme la porte, je me retrouve seule face à ma purée. Avant d'arriver ici, je n'avais jamais dîné seule. Je pensais pouvoir m'y habituer. Oh mais on s'habitue à tout, comme dirait la femme de Michel Fourniret. Mais non. C'est toujours la même angoisse. Alors, j'agis en conséquence. Quand ma raison ne maîtrise plus la tristesse de mon corps, quand je sens les petits tremblements commencer, ma lèvre inférieure tressauter, je regarde dehors et j'imagine Nina en train de marcher dans le chemin boisé. Et je compte. En moyenne, elle met deux minutes. 120 secondes pendant lesquelles je flotte déjà dans le bonheur de la voir, l'avant-bonheur, la montée des marches de la mariée comme elle dit si bien.

Lettre non envoyée numéro 1

Nina oh Nina,
Comme j'aimerais... avoir le courage. Je débute un mail, je te cherche dans mes contacts, et au moment de l'envoyer, au moment d'appuyer, je me dégonfle. Je passe ma vie à me désister. Serait-ce mon principal héritage ? J'ai lu un article sur la psychogénéalogie, j'ai refermé l'onglet en me disant que c'étaient rien que des conneries, tu me connais quand je suis chamboulé, je suis vulgaire. Ne dis rien à madame Zen, elle qui ne prône que le mot bienveillant... Je me souviens, quand tu étais petite, tu disais que tous les mots avaient une utilité, et que si un mot existait, c'est qu'il y avait une raison. Quand tu te cognais, tu alternais les Merde, les Putain et les Bordel, selon ta propre échelle de douleur. Et quand tu te faisais engueuler, tu justifiais ta vulgarité par tes bleus. Je les appelle les mots bleus maintenant. Tes enfants disent-ils des gros mots ? Les laisses-tu faire ? Je suis un sombre

con, Nina. Si je n'étais pas parti à l'autre bout du monde, si j'avais des couilles, je le saurais. Je saurais comment tu es avec Rebecca et Andrea, je saurais s'ils sont rebelles, coquins ou trop sages, je verrais ton sourire quand tu les regardes. Au lieu de ça, je ne sais rien. Enfin, je sais des choses, mais pas celles-là. Et avec Gaël, t'es heureuse ? Mon Dieu que cette lettre est intrusive, jolie Nina ! J'aimerais que tu me racontes tout, ta vie de femme, tes heures de mère, ton travail, tes espoirs et tes ambitions, tout. L'autre jour, j'ai rencontré un homme, un voyageur, et ses paroles m'ont bouleversé. Il n'avait pas de chez lui, il errait heureux, mais il se vantait d'avoir deux piliers, assez pour tenir debout. Sa sœur et son chien. Rien de plus, rien de moins. Il me les a décrits comme on présente des personnages de roman, de la date de naissance au caractère à tout instant. Quand il est seul, il simule des situations et imagine comment sa sœur réagirait, ce qu'elle dirait. C'est son théâtre de stabilité. Je l'ai écouté et quand je suis rentré chez moi, j'ai pleuré. Nina, je te connais pas. Je te vois quand tu viens à Cachi, je sais tes grandes lignes, mais rien de tes interlignes. Je sais ce que sait de toi... ta collègue ? Une connaissance que tu trouves sympathique ? Ton épicier ? Je me suis endormi sur cette question : est-ce que je connais de toi plus de choses que ton épicier ? Puis, je me suis réveillé en concluant que je ne suis pas capable de modifier ça. Qu'il y a

trop de silences entre nous. Que l'on a grandi chacun dans une boule de coton, côte à côte, mais pas ensemble. Peut-être que, quand j'aurai des enfants, je vaincrai ma pudeur et te livrerai tous mes secrets. Peut-être...
Salomon

8

NINA

Il y a des jours comme ça où rien ne va, où t'as l'impression qu'un monde est contre toi, contre toiiiii.

Oui, je sais qu'écouter cette chanson d'Axelle Red n'arrange rien. J'ai ouvert l'œil dans une journée nostalgie. Et pourtant, c'est ma journée de vacances du mois ! J'ai plus de congés que Gaël, alors, toutes les quatre semaines, j'ai 24 h off. Et j'avoue que je m'arrange pour ne pas les caler le mercredi. Oh, allez-vous penser, elle pourrait profiter de ses enfants toute une lonnnngue journée sans école, jouer aux Playmobils et les emmener au musée. Ils pourraient faire des crêpes ensuite et le papa rentrerait le soir du travail dans une maison pleine de rires et étincelante. Nina essuierait délicatement ses mains sur son tablier, des deux côtés, et remonterait à peine ses cheveux parfaitement bouclés au fer pour embrasser son mari. Peu de temps après, elle susurrerait un « À table ! » qui inviterait la jolie troupe à déguster la dinde rôtie. Bon, ok, vous ne pensiez peut-être pas tout ça. J'aime mes enfants, mais j'aime aussi avoir les jambes épilées, les lessives faites et être à jour dans mes séries. Et déjeuner avec mes copines. Ah, ça y est, le moral remonte ! Ce midi, c'est Aurélie et moi, rien que nous deux. Aurélie devrait être remboursée par la sécu. Déjà, parce que, quand je la retrouve j'ai l'impression d'être encore ado, et c'est fort agréable de remonter le temps sans avoir de bagues aux dents. Et puis, parce qu'elle te transformerait toute situation pourrie en une possibilité de mieux. Elle a ce haussement d'épaules qui réduit déjà tes problèmes de 33 % et elle t'achève par une phrase fataliste positive. Je l'imagine, installée derrière un bureau, écouter les soucis des gens perdus et les rebooster en une unique bafouille. Sur la devanture de son cabinet, il y aurait écrit « Ici, on transforme les problèmes en sourires ». Je demanderai à Gaël si, pour exercer, elle devrait plutôt porter un tailleur noir sérieux ou un ensemble vert. Ou alors je ne lui demanderai rien du tout, sinon il me prendra (encore) pour une toquée. Je vais juste me lever, me laver, m'habiller et rejoindre ma copine. Aujourd'hui, je tente de ne prendre qu'un café, pas de médoc, normalement, avec Aurélie, pas besoin de béquille.

—Désolée, je me suis perdue, je dis en arrivant.

Je ne précise pas que c'est dans ma tête que je me suis perdue. Une heure j'ai traîné au lit à ressasser nos souvenirs d'ado et à imaginer son cabinet de sourires.

—Oh, tu sais, l'attente me fait du bien, ne t'inquiète pas, me répond-elle, pas énervée pour un sou.

On parle un peu, on commande, on trinque et je déballe tout. Moi qui voulais garder secrète la quête du mystère familial et qui avais mis un point d'honneur à mener la mission seule... Soldat Nina ! Un verre de kir à jeun et je balance tout. Mais c'est elle aussi, là, avec son petit air bienveillant, elle attire la confession.

—C'est génial comme concept. Elle a toujours été drôle ta grand-mère.

—Ça...

—Tu te souviens qu'elle avait adopté un canard ? me demande Aurélie.

—Non, mais... ça me revient maintenant. Oscar ?

—Oui, c'est ça, Oscar le canard ! Elle lui racontait sa vie dans le jardin. On l'avait surprise une fois.

—Il faut dire que Papi était souvent dans l'atelier. Je me demande si elle s'ennuyait... Je lui poserai la question la prochaine fois.

—Oui, encore faut-il qu'elle te réponde... Avec cette histoire de chasse au trésor, elle sera peut-être un peu plus taiseuse, non ?

C'est là que je réalise qu'effectivement, à la dernière visite, elle a moins parlé. On n'a même pas fait revivre Papi !

—Tu crois que c'est quoi cette liste ? je la sonde, pleine d'espoirs.

—Répète les noms.

—Georges Lavergne, Olivier Moktar, Kamel Ehond, Martial Saybon et Francis Tousseul.

Elle réfléchit longuement, se gratte la tête, observe les gens alentour, positionne sa main comme un paravent à droite de sa bouche et murmure :

—Des Pokémons ?

—Des Pokémons ? je répète tout bas, idiote.

Elle rit.

—J'en sais rien, moi ! Mais André, ton grand-père, il était normal ?

—Comment ça, normal ?

—Je veux dire, est-ce qu'il était secret ? Bizarre ? Parce que… je me dis que si tu ne trouves pas ces noms sur internet et que ta grand-mère en fait tout un pataquès, qu'elle s'enquiquine à organiser une chasse au trésor, c'est pas pour te faire découvrir que ces gens étaient des copains de classe de ton vioc ! Bravo ma Nina, tu as découvert qu'Olivier, Francis et les autres ont eu leur certificat d'études en même temps que Papi. Youhou.

—Pas faux.

—Alors, ma théorie c'est que…

—Que ?

Je trépigne.

—Que, peut-être… ton grand-père était un espion mêlé à une affaire classée secret-défense !

Elle claque ça comme une sentence. On mange nos fondants au chocolat sans rien ajouter. Je n'ai même pas fait remarquer que le sien était plus coulant, le mien, légèrement trop cuit. On doit ressembler à des robots ou à un couple qui n'a plus rien à se dire. Je paie, c'est mon tour. J'ai vérifié dans mon carnet. Les bons comptes font les bons amis. Je refuse une promenade digestive, j'ai trois manuscrits en attente (même si je sais que deux d'entre eux seront vite expédiés, le troisième m'intéresse. Je vais sans doute prolonger la lecture et, qui sait, voter pour une publication). Aurélie range dans son sac à main un livre que je n'ai pas remarqué en arrivant :

La vie au grand jour des espions français. Éditions Sedef. ISBN 987-6-543-21100-7.

Quand je rentre chez moi, rien ne va plus. Je mets mon cerveau artificiellement sur pause pour lire un peu avant d'aller récupérer mes amours à l'école. Pour le premier manuscrit, il me suffit de sept pages, truffées de fautes, impossible de comprendre qui est le narrateur… Pour le second, c'est un peu mieux, je poursuis jusqu'à la page vingt, mais je ne réussis pas à entrer dans l'histoire. Je note sur un post-it « À reprendre plus tard ». Je me jette dans le troisième comme on replonge en enfance. Je suis avec ce gamin au bec de lièvre qui ne voit pas en quoi c'est un problème. Je suis ses études de médecine. J'embarque dans son histoire d'amour, je ris et pleure avec lui. Je prends des notes à tout-va. Je vote oui ! On n'est que lundi et ce roman a agrandi ma semaine. Les enfants mangent leurs BN industriels. Je hausse les épaules à l'attention de la Nina qui aurait fait des pancakes à la banane et je décide de prendre mon mercredi. Gaël pourrait peut-être essayer de faire un peu relâche aussi et on irait au zoo. J'aime ça plus que les enfants. Les singes du parc de la Tête d'Or m'enchantent.

—On pourrait adopter un ouistiti ? je propose ça à Rebecca, sans introduction aucune.

—Maman, sois raisonnable, le ouistiti est un animal sauvage.

Elle me dit ça en débarrassant son bol de lait. Elle referme le lave-vaisselle et soupire en direction de sa chambre.

—Lalalère Wikipédia, va ! je lâche sans réfléchir.

Andrea ne sait pas pourquoi, mais se marre. Oui, je vais prendre mon mercredi et convaincre mon homme de faire pareil. On fera un pique-nique.

Gaël accepte de venir avec nous. On est bien là, sans indices à chercher, juste deux gosses à ne pas égarer dans la fourmilière qu'est le parc le mercredi. On s'en tire pas mal. Totale des pertes : zéro ! Le jeudi et le vendredi, c'est le calme plat à la bibliothèque. On enregistre seulement dix prêts, vingt retours et zéro calmant. Un record. Ma collègue est absente. Je lis tout ce qu'on a sur les espions. Le soir, je suis comme saoule mais sans rien ingurgiter. C'est stupéfiant. Les mots ont formé des crochets dans ma tête et je rêve de mon lit. Il faut que je me repose avant le samedi de recherche d'indices ! Et j'ai bien fait de passer une bonne nuit puisqu'elle nous fait crapahuter dans la forêt. Celle où on allait quand j'étais petite. Celle avec les pneus qui servent de balançoires. Je suis certaine qu'elle doit nous imaginer en train de compter les arbres et bien se marrer. *« Après avoir croisé une centaine d'arbres similaires, à partir de l'allée de gauche à la sortie du parking ouest, il sera de bon ton de tomber sur le poussin »*. De quoi se venge-t-elle bon sang ? Je peste un peu et me raisonne. Elle n'a pas un mauvais fond. Elle veut juste s'amuser un peu.

—Maddie est coquine, affirme Andrea tout en sautant dans une flaque poisseuse.

— Ça… je réponds en soupirant.

Gaël s'approche de moi et me passe la main dans les cheveux. Ça m'énerve mais je ne dis rien.

—Là, derrière ! hurle Rebecca, j'ai trouvé l'arbre poussin !

Elle court et trébuche. Perd un genou dans la bataille mais ne ralentit pas pour autant. L'indice sera à elle ! Andrea cavale devant moi, manquant de faire sortir mon cœur de ma poitrine au moins quarante-deux fois. Satanées souches à croche-pieds ! Et on se retrouve comme des couillons devant notre tronc.

—Lis donc la suite Gaël !

Mince, j'ai un peu crié. Que ferait la femme exemplaire dans pareille situation ? Mais je n'ai pas le temps de me rattraper qu'il lit déjà :

—« *Autour de l'arbre poussin tu tourneras jusqu'à trouver une cache. Dans le trou, la menotte tu introduiras et l'article sera là.* »

—Et sinon, elle s'est prise pour le père Fouras ? j'ajoute, me retenant de rire.

Gaël m'observe, dubitatif, s'approche de l'arbre et… l'enlace. Ni Rebecca ni Andrea ni moi ne bougeons.

—Je suis ressourcé, conclut-il. J'ai capté l'énergie sylvestre.

Les enfants se regardent, perplexes. Moi, je décide de faire avancer le schmilblick, de prendre le taureau par les cornes, de monter au front, de… et je sors l'objet de sa cachette.

9

—Un effaceur ?

—Bonjour, on dit, me reprend ma grand-mère.

—Bonjour, Maddie, j'espère que ça va, la mer est calme, ici il fait beau et on bronze… Un effaceur ?

—Très utile, un effaceur.

Je finis par poser mes affaires, m'installer pour de bon. Maddie ne regarde déjà plus à la fenêtre et elle a une fesse en équilibre sur son lit médicalisé. Une bougie brûle, diffusant un mélange de coco et de citron vert.

—J'ai trouvé, Maddie.

—Ah, dit-elle en relevant un sourcil, décalant ainsi légèrement ses rides imbriquées les unes dans les autres.

—Papi André, mon papi, mon grand-père…

—Oui, m'interrompt-elle, mon mari, le père de ta mère, ton grand-père…

—Était un espion !

Je l'ai crié, sorti, expulsé ! J'ai accouché du secret de famille, là, aux Flocons Verts. C'est dit, c'est fait, emballé c'est pesé. Et je déroule ma théorie. Il aurait été un espion pour la Chine, il revendait des informations sur ce qui se produisait dans son usine. En tant que responsable financier, facile d'accéder aux plans et aux dessins des innovations ! Je retourne tout, c'était peut-être pour une bonne cause, peut-être que les Chinois avaient de grands projets, des projets très humains, qu'ils voulaient empêcher le gouvernement français de mener à bien une guerre… Maddie m'interrompt.

—Ton grand-père aurait revendu des informations aux Chinois… des informations si essentielles qu'il aurait été un espion ?

—Oui ! je crie, toujours pas calmée.

—Des plans de conception de… boulons ?

Cette phrase m'appuie sur la tête. Je me ratatine sur ma chaise. Madeline s'embarque dans un fou rire, mais un fou rire. Elle rit si fort que Fatima arrive.

—Tout va bien ici ? demande-t-elle.

Mais personne ne lui répond. Madeline pouffe à en perdre haleine et moi j'ai honte de ma théorie bien ficelée qui, tout à coup, me paraît ridicule. Fatima repart. Ça a l'air d'aller. Au moins pour sa résidente. Quand Maddie reprend ses esprits, elle me caresse les mains un moment et me dit :

—Tu peux abandonner cette théorie, mon enfant, ton papi n'était pas un espion. Il était juste responsable administratif dans une entreprise de boulons et n'a jamais, au grand jamais, dévoilé un secret industriel à un peuple étranger. Mais, dans ta théorie, au fait, c'était qui Olivier, Francis, Martial, Georges et Kamel ? Des Chinois ?

Et elle ne peut s'empêcher de rire à nouveau, mais, cette fois-ci, je la rejoins.

—C'est que mon amie, Aurélie, elle m'a insufflé ça comme idée, le truc de l'espion. Et puis, quand on a trouvé l'effaceur dans la cache de l'arbre peint en jaune au kilomètre 3,2… d'ailleurs, qui a peint cet arbre ?

Elle ne répond pas. Je continue.

—Quand on a trouvé l'effaceur, je me suis dit que c'était un message caché, tu vois, on efface ses traces quand on est espion.

—Oh, tu as revu Aurélie ? Comment va-t-elle ? Qu'est-ce qu'elle est agréable cette gamine…

Et je lui raconte l'Aurélie de ces dernières années, son mariage, l'arrivée de son fils différent, son courage de mère et de femme face à tout et son sourire qui vaincrait le plus diabolique des problèmes. On reparle d'Oscar et c'est là qu'on fait revivre Papi, enfin, il devait commencer à s'ennuyer ferme. Madeline me raconte comment ils avaient décidé d'adopter un canard, comment André l'avait arrêtée, elle voulait partir avec tout l'élevage !

—Pour les sauver, tu comprends ?

Elle minaude comme si elle essayait de me convaincre d'embarquer le camion de volailles.

—Je comprends… Mais, dis-moi, tu manges du foie gras Maddie, non ?

Elle chasse de sa main tremblotante ma question et conclut :

—On fait ce qu'on peut avec ses valeurs, ma chérie. Chacun a ses limites.

C'est bien vrai et l'important est de les connaître et de s'y tenir, non ? Elle me somme ensuite de la laisser se reposer un peu avant le dîner apéro sans alcool de 18 h 30, et elle me tend les instructions pour le samedi suivant.

—Dis, les petits ont aimé les pneus ? Qu'est-ce que j'ai pu te pousser dans ces machins-là... On repartait au crépuscule. André nous grondait toujours au retour. Tu t'souviens ? Mais je vais te confesser quelque chose...

Je m'approche d'elle et elle murmure :

—Je le faisais un peu exprès. Comme ça, il préparait le repas.

10

MADELINE

Mon André, espion ? Elle en a de ces idées ! Espion à la botte de la Chine... pour des boulons ! Encore pour les kamikazes, pour remplir leurs ceintures vous voyez, BAM ! Mais les Chinois... Et puis, à quoi ça ressemble un plan de conception de boulon ? Un rond avec les côtés en relief ? Qui paierait pour ça ?

Mon André aimait son travail, il est resté toute sa vie dans la même société. Un truc de notre époque ça, on ne changeait pas trente-six mille fois de « job » comme vous dites maintenant. On ne vendait pas nos photos de randonnée comme Salomon, on ne guettait pas une potentielle meilleure situation sur les sites de rencontres professionnelles. C'était plus simple. On trouvait un boulot et on s'y tenait. Si on le faisait bien, on montait en grade, si on était moyen ou mauvais on restait au même poste ad vitam aeternam. Et voilà. André avait grimpé les échelons à un rythme régulier et avait fini responsable financier. Il avait eu une carrière toute tracée et il avait suivi sa ligne avec brio. Il n'aurait jamais risqué cette tranquillité professionnelle en mordant la main qui le nourrissait. Ma Nina commence à fabuler. Je pensais cette chasse au secret plus facile, plus facile que la suivante en tout cas. Ces indices me paraissent tellement évidents. Elle a les noms, elle a l'effaceur, mais elle se perd dans des dédales imaginaires, fidèle à elle-même ma jolie chérie. Comme j'ai hâte de savoir ce qu'elle s'apprête à envisager. Je m'en frotte les mains à l'avance ; ça me fait un gommage. Mon André, espion. C'est drôle parce que maintenant Nina s'invente des tas de choses alors, qu'avant, elle n'avait jamais fouiné. Elle nous voyait, André et moi, comme un couple de grands-parents, comme si c'était toute notre identité. Salomon, lui, s'est interrogé, mais c'est différent. Pour Nina, son papi était un vieux bonhomme gentillet, sérieux, un faux calme avec un humour rare mais décapant. Et moi, je suis, je pense, une mamie sympa, ancienne vendeuse de prêt-à-porter. D'ailleurs, elle ne s'est jamais vraiment interrogée sur ce que je vendais… On était loin du tailleur de mémère ! Mon truc à moi, c'était l'affriolant. La peau dentelée. Les froufrous nocturnes. Et c'était aussi le truc d'André… Qui imaginerait ça, en me voyant ? Maddie de la chambre 302, résidente des Flocons Verts, veuve Grognard, bien en route vers la fin, première vendeuse du groupe Aubade, amante en porte-jarretelles… Avec mon mari, oh, je peux bien vous le dire à vous, on a toujours eu une vie sexuelle démente. Jusqu'à ce qu'il le devienne, lui, dément. Là, on a arrêté. Je ne lui faisais plus que des gâteries, à la fin. C'était un peu déstabilisant pour moi, mais je lui devais bien ça. Ce n'est pas parce qu'il ne savait pas qui le touchait et l'emmenait au bout de son plaisir qu'il devait en être privé. Il était déjà dans un sale état. Je le rendais heureux comme je pouvais. Quand il est parti pour de bon, quand son corps a rejoint sa tête, j'ai été soulagée. Tout le monde est venu me parler de grand malheur, de vide, de manque. J'étais devenue Maddie la veuve éplorée. Mais ces gens, les satellites je les appelle, auraient dû me présenter leurs condoléances au moment où mon André a commencé à ne plus me reconnaître et même auraient pu me proposer leur aide. Pfiou, ça m'a fait ni chaud ni froid qu'ils gravitent une fois le corps enfermé. J'avais depuis belle lurette arrêté d'attendre quoi que ce soit des gens. Nina était là, elle. Quelques amies chères, aussi. Colette, ma partenaire de crime, celle qui aurait enterré un cadavre pour moi. Bénédicte, notre fille, était déjà en Argentine. Elle pense avoir été présente à distance, je l'ai laissée y croire. Comme je la laisse croire à ses histoires de chakras, de spiritualité qui unit malgré les kilomètres, d'hypnose conversationnelle… J'y comprends rien, je fais semblant, pour lui faire plaisir. Elle paraît forte mais, je la connais moi, comme si je l'avais faite, elle remplit ses failles par des placebos mystiques. Chacun sa gestion des malheurs.

Si Nina demande un jour, je lui raconterai notre vie intime avec André. Pas les détails bien sûr, mais qu'elle sache que ses grands-parents ont été des gens, que nous avons été heureux, et ce grâce à une vie sexuelle du tonnerre, à une imagination débordante et à Aubade.

Sûr que la ficelle est importante dans le rôti. J'ai bien cherché une image délicate, mais y'a que celle-là qui m'est venue. Je vous l'offre.

J'espère que Nina est épanouie aussi. Tiens, je ne le lui ai jamais demandé. La prochaine fois. Si je m'en souviens… Je suis inquiète, je commence à yoyoter de la cafetière. La fatigue corporelle, les membres qui vont moins vite que le cerveau, les muscles qui perdent en puissance, je m'y étais habituée progressivement. Mais la tête, non. J'aimerais refuser, seulement y'a pas l'option. Pourvu que je tienne jusqu'à la fin de la chasse au trésor. Au pire, Colette sait tout, elle prendra le relais, mais ça me tient tant à cœur de lui dire les choses moi-même. Elle le mérite cette gamine. Elle n'est plus la petite à qui il faut cacher la vérité, bon sang ! Elle l'était et elle l'est restée et c'est injuste, arbitraire et… Enfin, comme tout bon secret de famille, ça s'installe par connivence, par peur aussi, et il est bien rare que ça ne finisse pas par exploser. Après, savoir si ça fera un joli bouquet final ou non…

Lettre non envoyée numéro 2

Gaël,

Plusieurs fois j'ai pensé t'écrire. Pour régler certaines choses entre bonshommes comme on dit. Et puis, je me suis dégonflé. Le cran n'est pas ma qualité première. Les non-dits je maîtrise par contre. Un cadeau de ta belle-mère, ça. D'ailleurs, je me demande, tu te sens à l'aise avec elle ? Et avec ton beau-père ? Tu as senti l'entourloupe ? C'est étrange, pour moi c'est si évident. Jamais je n'ai osé en parler à Nina, ce serait comme lui raconter la fin d'un livre. Et puis ta belle-mère n'apprécierait guère. On ne lave pas le linge à plusieurs, selon elle. Chacun ses slips crados. À votre mariage, j'ai eu envie de te prendre à part pour te conseiller de prendre soin de ton épouse, parce que si tu ne le faisais pas, tu aurais affaire à moi. Mais je me suis contenté de le penser... Je ne sais pas quelle opinion tu as de moi non plus, tiens. Me considères-tu comme le beau-frère sympa avec qui tu aimerais avoir des liens

ou comme l'inconnu qui peuple les rares repas de famille ? Je crois qu'on aurait pu être potes, si je t'avais rencontré au lycée par exemple, mais dans ce cas-là tu n'aurais pas épousé Nina. Une vieille règle entre copains, non ? Pas touche aux filles de la famille. Écoute Gaël, j'espère que tu prends soin d'elle, sans menace aucune, que tu la rends heureuse et qu'elle te rend heureux. Peut-être qu'un jour j'aurai votre chance mais je pense, qu'avant, il me reste pas mal de chemin à parcourir.
Salomon

11

NINA

Le vendredi suivant, je suis au cœur d'une énorme semaine de travail, huit manuscrits tombés d'un coup, et tous valent le coup de s'y attarder, nom de non ! Et pourtant, j'ouvre l'enveloppe de Maddie. Je ris, je crie, puis j'attrape mon téléphone. Je retiens un « J'en ai ras le bol, tu vas la cracher ta Valda, je n'ai pas que ça à faire Mamie ! » mais c'est Gaël que j'appelle.

—Elle va me rendre chèvre !

—Qui ?

Derrière, j'entends du brouhaha, il a le téléphone collé entre l'oreille et l'épaule, pour sûr. Ça ne sent pas la totale disponibilité.

—Laisse tomber, je dis.

Il s'arrête de gigoter.

—Non, je t'écoute.

— Maddie ! J'ai ouvert l'enveloppe.

—Tu devais m'attendre Nina ! On devait présenter en étoile un merveilleux plateau de fromage et de charcuterie corses, on devait déboucher une bouteille qui nous restait de notre mariage, ouvrir l'enveloppe et…

—Refaire mon monde, je sais ! Mais j'ai craqué. Sinon, rentre, et on fait ça maintenant, je propose avec une petite voix de gamine suppliante.

—Il est 15 h 17.

—Il est 15 h 17, je répète en faisant une grimace.

—Nina ?

—Oui ?

—Tu me fatigues des fois.

—Moi aussi, oh moi aussi, j'me fatigue. Je ne lis rien de plus et je t'attends.

—D'accord. Est-ce que je dois annuler l'invitation de demain soir ?

—Quelle invitation ?

—Jérôme, il devait venir dîner.

—Oh oui, annule ! Dans l'enveloppe, il y a une réservation pour une chambre d'hôtel.

Je récupère les terreurs à l'école. On prépare l'apéro en pâte à modeler, je prends un bain avec Andrea pendant que Rebecca regarde un documentaire de Fred et Jammy. Ah oui, je ne vous ai pas dit, on n'a pas la télé. Pas un choix bobo au départ, mais simplement que j'ai toujours trouvé qu'une télé manquait trop d'élégance pour notre intérieur. Je suis du genre HYGGE, déco scandinave épurée, des loupiotes partout, des tapis en moumoute, des bougies blanches à la flamme vacillante. Pour l'inspiration et la tranquillité. Alors, un écran aux bords noirs… très peu pour moi. J'ai donc caché pendant des mois la télé entre le canapé et le mur, ne me décidant pas à lui trouver un espace plus glorieux. Et puis, elle a fini à la cave. J'aurai une télé dans mon salon quand ils commercialiseront les miroirs-écrans. J'ai vu ça sur internet (parce qu'on a internet quand même). Un miroir qui se transforme en écran HD ! Ni vu ni connu ! Pour moi, ce truc c'est comme un manteau qui te rendrait invisible, ou un enfant que tu pourrais éteindre et rallumer. Révolutionnaire ! Finalement, quand on n'a plus la télé, on se déshabitue. On opte pour le replay, on trie les images qui arrivent à nous. Donc, Rebecca regarde « C'est pas sorcier » sur mon ordi. Elle adore, elle s'instruit. Cette gamine est usante à toujours vouloir tout comprendre, on dirait son père. Quand le générique débute, j'ai l'impression d'avoir de nouveau dix ans. Au dîner des enfants, elle nous raconte tout sur les avions de chasse. Intéressant. Andrea répète la fin des phrases de sa sœur, c'est tordant. Je ris, mais de loin. Je suis préoccupée, je n'ai pas fini de décortiquer l'enveloppe. J'ai attendu Gaël. Il n'y pense plus, trop absorbé par un truc de boulot qui lui résiste. Il n'arrive pas à trouver les couleurs parfaites pour une affiche de pub, il essaye depuis des heures. Séparément, les couleurs vont bien, mais ensemble, avec l'image en noir et blanc de la femme en sous-vêtements, ça ne colle pas. Je peste. Des heures qu'il mate, en somme. Et payé. Des heures que je retiens une crise de jalousie monumentale pour une femme photoshopée sur écran d'ordi. Soit je fais un caca nerveux, soit je me montre ultra sensuelle après notre apéro… Et j'ai de quoi ! Depuis quatre mois, je reçois des colis de lingerie fine. Un par mois. C'est d'une qualité extraordinaire, ça rendrait sexy un laideron. Même la cousine de Gaël serait canon dedans, c'est dire à quel point c'est magique. Je n'ai jamais remercié Gaël pour ces box, d'ailleurs. Enfin, pas en mots du moins. À chaque réception magique, je prévois une soirée coquine. Mais, avant ça, il y a le coucher des enfants, la préparation de notre planche et l'enveloppe. J'espère qu'il me restera assez d'énergie.

Il a à peine une fesse sur le canapé que je lui lis le plan de ma chère grand-mère.

—Elle nous envoie à Mâcon.

— À Miami ? Trop bien, je file faire ma valise.

Et il se lève, ce con. Il va vraiment faire ses bagages pour Miami. Je le rappelle, tout sourire.

—On t'a déjà dit que t'étais idiot ?

—Oui, pourquoi ?

Ce n'est pas que Mâcon ça ne soit pas une destination tendance, hein. Que personne ne se vexe mais, en général, si vous dites à vos potes « La semaine prochaine, on décolle pour Punta Cana », ça provoquera un poil plus d'enthousiasme que « le week-end pro, c'est la teuf, on file à Mâcon ! Eh ouais ! ».

—« *Pour continuer la merveilleuse aventure de la chasse au trésor option secret de famille* », Maddie dans le texte…

—J'avais pas prévu ça, moi. Je pensais encore bosser…

Je me suis mordu la langue pour ne pas dire « Tant mieux finalement, y'en a marre que tu colories ta meuf à poil ».

—Tout compte fait, elle crée de la cohésion, on va partir en week-end. Toi sans ton ordi et moi sans mes manuscrits.

—Mouais. C'est vrai.

On dépiaute le contenu de l'enveloppe. Il y a une photo de paysage, on l'observe longuement à la recherche d'un indice, puis on la retourne. Derrière il y a écrit « *Rien à voir avec la chasse au trésor, je trouvais juste le cliché particulièrement beau* ». C'est dangereux les mamies secouées ? Après une heure de déchiffrage, on comprend ce qu'on doit chercher sur place. Autant, j'adore les mots fléchés, même les sudokus peuvent m'emporter, mais les rébus… j'ai toujours détesté ça ! Et Gaël est nul. Je l'aime et c'est un chouette mec, doué pour plein de choses, mais pas pour les rébus. On pense à réveiller Rebecca, mais on n'ose pas. Quand même. On n'est pas des mauvais parents. Je vais dans sa chambre, je fais un peu de bruit, elle continue à ronfloter. Le départ est prévu pour le lendemain matin. Maddie nous a réservé un resto pour le midi. Payé d'avance, a-t-elle précisé. Quand on y arrive, quand j'annonce Madeline Grognard, il y a comme un silence, comme si les gens se figeaient dans un souvenir. Puis ils sourient, et on nous installe à une table ronde. Sous la nappe, Andrea découvre une petite plaque dorée où il y a écrit « Table d'André et Maddie, AMJB ». Quand je demande des explications à la jeune serveuse, elle ne sait rien. Elle est nouvelle, vous comprenez, mais le patron saura me renseigner, lui. Elle va le chercher dans les bureaux derrière puis revient pour dire qu'il n'est pas là.

—Elle ment, me dit Gaël dès qu'elle a le dos tourné.

Ou l'art de formuler l'évidence. « Le feu ça brûle et l'eau ça mouilleeeeeee, ». De rien.

—Je sais bien, je dis, soucieuse.

Dans la voiture, en direction de l'endroit secret suivant, les enfants tombent de fatigue. On roule un peu plus que prévu pour recharger leurs batteries.

—Ils étaient peut-être juste des habitués du resto, propose Gaël.

—À Mâcon ? J'ai l'impression d'être la petite-fille d'inconnus, comme si on m'avait adoptée et que je découvrais qui est ma vraie famille.

—Tu n'en fais pas un peu trop ? Tu n'es pas dans un bouquin, mon cœur.

—Bon, bon, mais quand même c'est bizarre.

—C'est juste qu'avant d'être des vieux, Maddie et André ont été des personnes, affirme-t-il.

Mes grands-parents, jeunes ? Je n'ai jamais vu de photos. Chez nous, pas d'éternel album que l'on feuillette le dimanche. Je ne sais pas à quoi ils ressemblaient avant que le temps ne les marque de son sceau impitoyable. Oui, je suis dure, mais les rides, franchement, ça va à qui ? Et les taches brunes ? Et les joues qui pendouillent ? Et les seins qui… Ok, ok, j'arrête. Pour moi, mes grands-parents sont des grands-parents. Mais j'ai bien l'impression que Madeline est en train d'essayer de me démontrer le contraire et je ne suis pas sûre d'avoir envie de connaître l'autre facette de son personnage. Je ne sais pas pourquoi, mais j'ai un mauvais pressentiment, là, dans cette voiture, à Mâcon. Et puis, Gaël met sa main sur ma cuisse. Je me rappelle notre fin de soirée de la veille et je m'enveloppe de nouveau dans la chaleur de ses baisers. Je me sens plus sereine. Oui, mes grands-parents avaient leurs habitudes à Mâcon. Et alors ? Ils étaient un jeune couple qui allait au restaurant. Et alors ? Y allaient-ils avec Bénédicte, ma mère ? Ou la faisaient-ils garder ? Madeline me doit des explications ! Quand on arrive à l'hôtel, les enfants dorment encore. Sur le parking, voiture à l'arrêt, je chuchote :

—J'ai un truc à te dire, Gaël.

Je rougis, il m'intime du regard de continuer, un poil inquiet.

— Qu'est-ce qui est invisible et qui sent la carotte ?

Il soupire.

— Un pet de lapin. Et sinon tu as quoi à me dire ?

— Tu savais toi où poussent les dattes ?

—Nina ! Sur les calendriers, j'la connais… Et sinon, à part une blague de Toto, tu as vraiment quelque chose à me dire ?

—Je suis un peu jalouse.

—De ?

Il a un bel air innocent.

—De ton affiche ! Oh mon Dieu, c'est encore plus ridicule une fois formulé.

Il rit.

—Tu es jalouse d'une affiche ? Parce que la fille est en sous-vêtements ?

—Oui, je dis, penaude.

—Nina, je t'épargne les « tu es plus belle qu'elle, tu portes mieux la lingerie », d'ailleurs, elle était superbe celle d'hier, je ne sais pas où tu l'achètes mais… Bref.

Cette fille n'existe pas. Si je te montrais l'image de départ, tu n'aurais pas de souci à te faire… Et même si elle existait tu n'aurais pas de souci à te faire ma chérie.

Je ne dis plus rien. Parce que je suis convaincue, mais aussi parce que je viens de réaliser que ce n'est pas mon mari qui me fait livrer de la lingerie depuis plusieurs mois. Je la porte, innocente, alors que je nourris peut-être involontairement les fantasmes d'un pervers. Et s'il nous regardait ? Un voisin ? Oh mon Dieu ! Je m'apprête à en parler à Gaël quand Andrea se met à hurler dans son siège auto.

—Encore un cauchemar mon cœur, ce n'est rien, mon bébé, mon tout-petit, Maman est là…

—Et Papa aussi, hein !

—Oui, on est là… Viens, on sort de la voiture et on va voir quel joli endroit mamie Maddie nous a trouvé.

Rebecca est encore dans le gaz, mais elle recouvre vite ses esprits. L'hôtel est magnifique. Un havre de paix en pleine campagne. Une sorte de paradis, des fontaines, des jardins d'hiver, une piscine chauffée dans une forêt intérieure, le rêve. Je souffle, je ravale ma rancœur envers ma mamie bizarre et j'oublie le coup de la dentelle. Pour un temps. La chambre est « sensasssssss ! » comme dit Rebecca. Une suite. Les enfants ont leur coin, qui est presque une chambre séparée, nous, le nôtre, avec un lit immense, même si je n'aime pas ça. J'ai l'impression qu'on fait chambre à part dans un king size, c'est comme si on n'assumait pas de ne plus vouloir dormir ensemble. Oui, je devrais sans doute être un peu moins compliquée. Il me suffira de me coller à Gaël. On sort le Monopoly, comme Madeline l'a indiqué dans ses instructions, et on joue. Ensuite, on se baigne dans la piscine, on déambule dans l'hôtel et on dîne dans leur super restaurant. Entre le plat et le dessert, on a oublié pourquoi on est venus. Les enfants sont tranquilles, un peu assommés par la baignade de l'après-midi et nous, on savoure. Le menu est bien différent de celui du midi, on ne peut plus classique, mais, de temps en temps, une bonne blanquette réconforte. Se lover dans ce que l'on connaît déjà c'est comme une caresse maternelle, une main qui ébouriffe les cheveux, un sourire de maman. La mienne me manque. Celle qu'elle était avant son délire hippie bohème ou je ne sais plus comment elle l'appelle. Avant qu'elle décide que l'Argentine était la terre promise, et qu'elle embarque mon père et mon frère dans cette quête sans fin. Comme si elle cherchait son bonheur spirituel, et à s'éloigner de moi. C'est vrai, c'est mignon son truc d'aider des petits Argentins, mais en attendant mes enfants n'ont pas de Mamie, eux. C'est pas mal non plus, l'aide locale. Je pense furtivement que, peut-être que si elle était près de moi, je lui parlerais de mon habitude de prendre des médicaments pour gérer les situations qu'une femme réellement exemplaire gérerait seule, elle.

Le serveur, un vieux de la vieille, un homme élégant qui a dû travailler dans ce lieu toute sa carrière, à l'ancienne, dépose sur notre table une lettre et prononce juste :

—De la part de Maddie, sacrée Maddie.

Et il part avant qu'on n'ait pu réagir, bien sûr. Je devrais le rattraper, l'interroger, l'asticoter même mais, à la place, je souris comme une bécasse.

La lettre évoque une cachette dans l'hôtel. On envisage pas moins de douze solutions et, finalement, c'est Andrea qui trouve. Ça parle de singes, de jaune, de vert, de chaleur, de nature… et l'objet est planqué au pied d'un bananier, dans un patio à l'autre bout de l'établissement. Emballé dans du plastique, pour ne pas souffrir de l'arrosage automatique. Un distributeur de cartes à jouer. En bois. Avec Gaël, on se regarde et on va se coucher. Le mystère attendra bien demain. Sacrée Maddie. Peut-être qu'elle cherche juste à nous rendre dingues ? Peut-être qu'elle n'a aucun fichu secret à révéler… Peut-être qu'elle a compris que j'abusais de quelques substances chimiques pour jouer mon rôle à merveille et qu'elle attend que je lui en parle… Elle est bien du genre à fouiller dans mon sac à main quand je vais aux toilettes… Non. Elle me l'aurait dit. Elle m'en aurait parlé frontalement, et organiser tout ce simulacre juste pour me faire cracher le morceau, ce serait méga tordu. Et puis, ce n'est pas bien grave de prendre un médoc de temps en temps. Ça n'a jamais tué personne. Si ?

Lettre non envoyée numéro 3

Chère Rebecca, cher Andrea,

C'est moi, c'est Tonton. Tonton, quel mot bizarre... Vous ne me connaissez pas trop. Je vis à l'autre bout de votre monde (et à l'autre bout du mien aussi). Je suis le type qui marche pour aller nulle part. Votre maman vous parle de moi ? Je suis comme un fantôme à votre table ? Vous connaissez plus ses copines que son frère, ça c'est sûr. C'est de ma faute. J'appelle tous les 36 du mois aussi. Ça aide pas à créer des liens. Mais ça n'a rien à voir avec vous. Je le fais avec tout le monde. Je suis un idiot. En plus, vous avez l'air drôles. Si j'étais plus malin, je jouerais avec vous. Mais j'ai peur de votre regard qui capte tout et de votre innocence qui me déstabiliserait. Je ne suis pas habitué. Je n'ai pas longtemps été innocent, moi. Bref. C'est stupide tout ça parce que je suis un mec cool, un chouette type, je sais faire du feu avec des cailloux, tailler des bouts de bois en épées redoutables et construire des cabanes

magiques. Je pourrais demander à votre maman de vous emmener jusqu'à chez moi, je vis dans une maison en bois dans la forêt, une maison magnifique pleine de guirlandes et de tableaux. Je peins souvent. J'écris aussi. Personne ne me lit encore. Peut-être qu'un jour, une amoureuse pourra me lire, mais je ne l'ai pas encore rencontrée. Avant, j'habitais dans une longère en pierre, dans les vignes. On pourrait aussi se promener ! Il y a bien longtemps que je n'ai pas marché main dans la main avec quelqu'un. Je risquerais de verser une larmichette. Est-ce que votre mère vous a dit qu'un homme, ça pleure ? Est-ce qu'elle pratique l'éducation genrée ? Il faudrait que je le lui demande. Il faudrait que je lui parle. Il faudrait.
Je vous embrasse,
Salomon.

12

NINA

Cette nuit, j'ai rêvé que j'avais gagné quinze millions d'euros. Quinze millions ! Je visitais Dijon avec une copine, ne me demandez pas pourquoi Dijon, et elle est entrée dans un bureau de tabac. Je l'ai suivie, peut-être dans l'espoir inavouable que Robert m'offre un demi. Et puis, elle a choisi ses clopes et moi j'me suis retrouvée là, comme un poteau. J'aime pas entrer dans un magasin et ressortir les mains vides, ça s'fait pas. Je déteste le moment du « je n'ai rien pris parce que, dans la vitrine, ça avait l'air sympa mais, qu'en fait, ce sont rien que des fripes et que, en plus, j'ai besoin de rien » qu'on traduit, en regardant le sol, par un « Merci, au revoir, bonne journée ». Je collectionne donc les porte-clefs qui pendouillent à la caisse et tous les accessoires des tenues que je n'achète pas : bonnets et foulards, chouchous et boucles d'oreille en toc. Cette fois, j'ai opté pour un ticket à gratter. Ça m'a au moins fait penser à papi André. Il aimait tellement ça. On aurait dit qu'il était riche à chaque fois qu'il tenait une case dorée et une pièce.

— Toujours une grosse pièce, ma chérie. Si tu grattes avec un centime, tu as perdu d'avance. Il faut mettre toutes les chances de ton côté, ma petite, toutes les chances !

J'ai ralenti les jeux payants ces derniers temps, un vrai gouffre mine de rien. Et la roulette aussi. Ce que j'aime ça pourtant ! Je me force à être raisonnable mais, quand je serai vieille je sais que je ferai partie du gang des bigoudettes accrochées aux bras des machines à sous, voire même la chef du gang. Je sais que j'aurai ma place réservée à une table de roulette anglaise, peut-être même avec une plaque comme Maddie et André ont au resto. À Mâcon. Donc, dans mon rêve, je grattais nonchalamment un ticket et la nouvelle tombait. Quinze millions d'euros. Avec Gaël, on rachetait le crédit de la maison et on était propriétaires pour de vrai. Dans mon rêve, on continuait à travailler, on ne partait pas vivre dans les Caraïbes. Surtout parce que Rebecca m'a réveillée avant le déménagement, en pleine extase. La violence ! Je me suis retrouvée, certes dans une chambre d'hôtel magnifique, mais face à une gamine hirsute qui avait fait un mauvais rêve. Pauvre ou du moins pas plus riche que la veille. Toujours endettée auprès de la banque. Putain de loup qui terrorise les enfants depuis des générations et sort les parents de leurs rêves de fortune !

Et c'est là, avec Rebecca dans les bras, que j'ai LA révélation. L'argent n'est rien comparé au bonheur d'avoir une famille unie. Non, j'déconne. Étouffons les phrases toutes faites (mais pas ceux qui les emploient) ! Ma révélation est bien différente. Mon grand-père était un joueur de poker. Un flambeur de jetons, un as du bluff, le Patrick Bruel de son époque. Cette idée me reste en tête jusqu'au déjeuner. Je la rumine et ne dis rien à personne. J'ai besoin d'aller au bout de ma théorie. De visualiser de nouveau mon grand-père, jouant avec ses copains à la belote, m'apprenant le tarot et m'inculquant ses astuces de jeu… Quand j'en parle enfin à Gaël, sur le chemin du retour, il conclut que c'est plausible. Que ce serait un joli secret de famille, un don caché du Papi, pas un truc honteux. Un truc honteux ? Je n'y ai pas pensé une seconde. Depuis le début, je n'ai pas cru un instant que le secret puisse être négatif. Il doit y avoir un truc qui cloche chez moi ! Est-ce qu'un jour je vais cesser de voir la vie comme si elle avait été écrite par un scénariste de Disney entre deux gorgées de thé à la bergamote ? Est-ce que je vais, enfin, me poser les bonnes questions ? Les vraies questions… Est-ce qu'oncle Picsou a trempé dans le trafic d'armes ? Ou de drogue ? Est-ce que Blanche-Neige est si blanche que ça ? Est-ce que la fée Clochette ne prendrait pas un peu de LSD, même juste un peu ? Est-ce que les parents d'Elsa et Anna sont vraiment morts dans un naufrage ? Après tout, elles ont touché un bel héritage sans que personne les soupçonne… Bon, et si j'ai raison, si papi André avait juste été un pro du carré, un as du brelan, toute cette histoire serait bouclée. Mystère résolu. Mais quelque chose me dit que c'est loin d'être le cas.

13

MADELINE

Nina est venue me voir hier. Elle a cru que son grand-père avait été le Patrick Bruel de son époque. J'ai trouvé ça drôle. Elle n'a pas tort sur un point, la petite. Mon mari était joueur, très joueur. J'ai dû l'arrêter une ou deux fois, ce qui a été la source de nos rares disputes. Il misait sur des chevaux qu'il appelait les chevaux gagnants, même quand ils perdaient. Il allait au casino, de temps en temps, malgré mes douces remontrances. Il grattait. Mais il n'était pas le joueur invétéré qui finit devant son demi au bar, marmonnant qu'il se refera. Non, il était plus comme un gamin qui y croit encore. C'était comme s'il la tentait pour se prouver à lui-même que tout était possible. Il n'a jamais cessé de jouer, il est juste passé à des jeux de grands, des jeux censés répondre à un besoin d'adulte, l'argent. Alors que, finalement, il n'en avait rien à faire. Il n'en a jamais rien eu à faire. On ne dépensait même pas ce qu'on avait ! On a gagné de plus en plus, mais on a toujours dépensé pareil, ou presque. Non, son truc, c'était l'adrénaline, cet instant de « Peut-être que je tiens le ticket gagnant, le jackpot ». Notre truc, ensemble, c'était plutôt les dames et, dans son atelier, pendant quelques années, on a organisé des tournois de belote coinchée. On misait pas beaucoup et on s'est payé de ces souvenirs ! J'adorais les discussions avec les copains, quand on refaisait la partie avec des si. Si j'avais su que tu avais le neuf j'aurais misé sur un capot ! On fumait, on buvait, on rigolait. On se racontait nos vies, celles de nos enfants, on taillait une bavette, quoi. André comptait les cartes comme personne, mieux qu'il ne comptait l'argent qu'il perdait dans les autres jeux, mais il ne savait pas bluffer. Alors pour jouer au poker… Il ne savait pas mentir non plus. Même omettre de dire la vérité me le retournait. Il souffrait quand il devait le faire. Et il a donc longtemps souffert. Quand Nina lui confiait un petit quelque chose, comme elle disait, ça rouvrait un peu la faille. Alors il venait me voir.

—Je déteste les secrets, j'en ai assez. Un jour, je vais déborder. Je veux juste oublier, tout oublier, l'oublier.

Et chaque mot de cette foutue phrase le rongeait. Il faut croire que Dieu a fini par l'entendre. C'était en 2002. Il a tout oublié. Mais pas moi. Ça non, pas moi.

La visite de ma Nina m'a chamboulée. Et elle est encore venue sans les petits ! Je sais qu'elle n'aime pas me partager, mais j'ai peur de ne pas les revoir. Et bien sûr, je ne peux pas le lui dire. Il avait raison mon amour, mentir pervertit tout. Mais, comme disait ma mère, si la vérité est une sentence inutile, ravale-la. Et à ce rythme-là, je peux citer les théories de toute la famille sur l'utilité ou non du mensonge avant de me décider à parler ou non.

Je pense à Andrea et à la dernière fois qu'il est venu. Oh cette bouille d'amour, ces « Ze t'aime Maddie ». Ce gosse dit je t'aime à tout le monde. La faute à Nina, ça. Elle doit tellement le bercer de mots tendres. Sûre qu'il fera un bon mari, dans la lignée des autres. Un aimant. Un tendre. Quand il vient ici, Andrea trifouille tout et Nina peste. Elle le surveille comme l'huile sur le feu. Pauvre gosse ! Même pas le droit de sortir du tiroir les gaines de son arrière-grand-mère. C'est un peu de ma faute aussi, j'ai joué à l'outrée alors que, dans le fond, qu'est-ce que ça peut me faire ? Jamais de la vie je n'ai porté ça, y'avait encore l'étiquette ! Vous et moi, on le sait, je suis plutôt lingerie fine. C'est le kiné au début qui n'y comprenait rien. La tronche qu'il a tirée quand il a dû masser Mamie en porte-jarretelles ! D'autant qu'Odette me raconte. Ce qu'il se fait draguer le pauv' gamin ! S'il avait une appétence pour les viocs, il serait servi. Voire même s'il était nécrophile, pour certaines. Moi, je ne tente pas de le séduire. Ni lui, ni les infirmiers, ni les médecins. Par contre, ils tombent tous sous mon charme. L'insaisissable ils doivent m'appeler. Je vous entends penser : pour qui elle se prend, la vieille ? Elle croit qu'à quatre-vingt-dix ans, elle fait encore chavirer les cœurs ? Eh bien, lecteur ou lectrice que tu es, oui, je le crois ! Parce que je l'imagine et qu'une situation imaginée existe déjà, il lui manque juste l'éclairage de la réalité pour prendre vie définitivement. Là, fermons les yeux, écoutons le bruit des vagues, écartons les orteils, il y a presque la mer, presque les mouettes et presque le sable. Presque étant mieux que rien. Rebecca, elle, me comprend. Cette enfant est une histoire ambulante. Elle invente… et qu'est-ce qu'elle raconte bien ! Elle prend encore les détours narratifs de l'enfance, mais elle se corrige et ses images sont belles, très belles. Elle m'écrit souvent. Nina devrait me l'emmener, elle est égoïste sur ce coup-là. Elle ne peut pas être parfaite, cela dit. J'espère juste les revoir avant le grand départ. Cette nuit, j'ai eu une telle quinte de toux que j'ai bien cru voir la ligne d'arrivée. Il faut que je convoque Colette, que je m'assure de nouveau que tout est en place pour la chasse au trésor. Elle est consciencieuse, mais j'aime bien contrôler. On ne se refait pas, surtout à mon âge. Et si on me refaisait, qu'on commence par les poumons !

14

NINA

Je referme le manuscrit et j'erre un moment dans la maison. Il est 7 h du matin, dans trente minutes je dois réveiller les enfants, me blottir contre eux, les bercer de mots doux. Mais je ne sais pas si j'en aurai la force. Les mots du tapuscrit m'ont vidée. Ils m'ont embarquée, secouée, tranquillisée, perturbée puis recrachée. D'abord, parce qu'ils sont précis, ensuite, parce qu'ils servent une histoire profonde : la vie d'un chirurgien qui devient tueur en série. Un homme bien sous tous rapports, un homme sensé, père de famille, si propre sur lui qu'il aurait pu être notaire. Un homme qui, quand il regarde ses mains le soir, chez lui, entouré de velours, lumière tamisée, voit encore le scalpel. Un médecin devenu dépendant au découpage. Il pique des inconnus avec un sédatif, les découpe juste un peu, au thorax souvent, puis il appelle une ambulance et prend son poste à l'hôpital, juste à côté, pour jouer à les soigner. Lorsque c'est un de ses collègues qui est chargé de l'opération, il insiste pour obtenir un suivi du patient. Chez lui, il y a un carnet avec des pourcentages de vies sauvées. Il joue au créateur, dit-il. Ce double visage, ce mec bedonnant, à qui on aurait donné le bon Dieu sans confession, ce type chez qui tu laisserais tes gosses pour un goûter d'anniversaire sans même réfléchir, découpe des gens pour ensuite les refermer. Et on aurait pu penser que c'est un maniaque, un mec insatisfait, qu'il prend son pied en faisant ça. Non. Même pas. Ça m'a secouée. Et maintenant, j'imagine que mon grand-père était chirurgien clandestin dans son atelier. Qu'il sauvait des hommes qui ne pouvaient pas aller à l'hôpital. Qu'il aurait secouru Moktar Olivier, Francis Tousseul, Ehond Kamel, Georges Lavergne et Martial Saybon. Maintenant, j'entends surtout Andrea qui hurle depuis son lit. Je passe à la cuisine. Le bruit du Guronzan qui fait des centaines de mini bulles me redonne la pêche. Le petit s'impatiente.

—Bonjouuuuuur Maman !

—Bonjour mon amour, je lui réponds en l'attrapant et en l'enroulant contre moi.

C'est Rebecca qui nous décolle. Le rituel du matin. Je prends un shoot d'odeurs de mes enfants. Rebecca sent de moins en moins le bébé. De temps en temps, elle se lave avec un gel douche Mustela pour me faire plaisir. Et je replonge dans son enfance. Ma doucette. Qui maintenant a un réveil de grande, sait se doucher seule, s'habiller seule (même si son père manque à ses devoirs en termes d'apprentissage d'association de couleurs) et préparer son petit-déj. Je lui interdis juste de faire cuire son œuf. Elle veut toujours cuisiner avec moi, mais elle est d'une maladresse… Andrea est plus habile, mais n'a aucun réflexe. C'est assez drôle, s'il renverse son verre, il regarde l'eau couler sur la table. Rebecca, elle, se précipite pour le ramasser, mais fait tomber la salière au passage. Puis, elle se marre. Sont pas parfaits, mais je les aime. De toute façon, même s'ils devenaient des adultes qui découpent des gens dans les ruelles, je les aimerais. Entre deux gorgées de thé, Gaël m'informe qu'il ne travaille pas. Repos bien mérité. Il va lire. Je lui conseille le tapuscrit encore chaud. Il hésite. Quand je rentre de l'école, enfants bien déposés, presque à l'heure et presque coiffés, il est plongé dedans. Je n'ose pas le déranger. Je file à la douche et ensuite au travail. Grosse journée, plein de retours et de rangement à faire, et c'est pas ma godiche de collègue et ses tendinites à répétition qui va m'aider. Elle me regarde m'agiter et elle me raconte sa vie alors qu'elle n'en a pas. C'est Chulien par-ci, Chulien par-là. Che m'en fous de son mari inchignifiant. Ma tolérance a ses limites. Je récite des *Je vous salue Marie* quand elle me parle. Beaucoup de *Je vous salue Marie*. Vu que je la maudis souvent, je me dis que ça sauvera un peu mon âme. Le soir, l'image de mon grand-père avec un tablier blanc maculé de sang me saute de nouveau aux yeux.

—Non, mais, tu vois, il sauvait des hommes dans son atelier.

—Comment ça ? demande Gaël.

—Oui, Olivier Moktar aurait reçu une balle pendant un règlement de comptes, sale affaire. Maddie, elle a bien un caractère à faire ça, l'aurait alors recueilli et emmené chez eux. Papi, au début, aurait tourné en rond en maugréant que *tu te rends compte dans quels draps on se fourre*, ou une autre expression, et il aurait tenté de refuser. Mais tu as déjà vu quelqu'un refuser quelque chose à Maddie, toi ?

—Non, mais je ne vois pas trop ce que j'ai à faire là-dedans…

—Passons… Donc Maddie insiste. André cède et aligne ses outils. Olivier attend, dans les vapes. Dans les films, les mecs gémissent et se tiennent les côtes, même quand la balle est dans leur jambe. Olivier gémit donc, supplie André et le remercie du regard quand il le voit préparer l'établi d'opération.

—Et ta mère ?

—Ma mère ?

—Oui, Bénédicte, elle est où dans ton histoire ? Déguisée en infirmière, elle assiste ? Ou elle est au lit et n'entend pas le chahut dans la maisonnée ?

—Elle n'entend rien, sans doute trop occupée à prier un chaman.

Gaël ne relève pas le hic de chronologie.

—Donc Papi stérilise tout au chalumeau, Mamie biseptine et hop, ils retirent la balle. Olivier récupère pendant quelques jours, enfermé dans l'atelier avec Oscar.

—Oscar ? Un garde du corps ?

—Non ! Oscar, leur canard !

Gaël soupire. J'entends un « famille de fous » non prononcé. Il va se servir un whisky, les enfants dorment, on refait mon monde.

—Donc, Olivier repose avec Oscar, reprend-il.

—Olivier SE repose, sinon ça veut dire qu'il est mort, les mots Gaël, le poids des mots !

—Oui, oui, dit-il, et ses épaules s'affaissent un peu.

—Et là, Olivier est sauvé ! Il repart, reconnaissant.

—Et de cette réussite naît une clinique clandestine où on opère des malfrats à l'aide d'outils de rabotage… C'est bien ça ?

—T'as une façon de résumer qui biaise tout…

Je me blottis contre lui dans le canapé. Puis, je repars de plus belle.

—Pour Francis, Francis Tousseul… c'était sa femme !

—Sa femme ?

—Oui… Monique, ou Ghislaine, peu importe.

—Oui, peu importe.

—Donc Monique, oui Monique plutôt, prise d'une colère monstre, parce que je dis pas qu'il ne l'avait pas cherché, mais quand même personne ne mérite ça, Monique, colère, lui plante un coup de couteau dans la cuisse. Pam !

Gaël recule un peu.

—Oh t'exagères, je suis pas dangereuse, je m'indigne en lui offrant mon plus beau regard de merlan frit.

—Tu as juste…. beaucoup d'imagination ?

—Déformation professionnelle… À force de lire des histoires… Donc, pour Francis, c'est une blessure à la cuisse et c'est Maddie qui la recoud. André assiste. Pour les suivants, ce sera lui tout seul, parce que, sinon, ce ne serait plus un secret autour de mon grand-père le truc de Maddie.

— Et ils avaient quoi les autres ?

Je sens qu'à peine la question posée, Gaël la regrette. On se couche à deux heures du matin. J'ai refait la vie d'Olivier Moktar, blessé par balle et de Francis Tousseul, sauvagement attaqué par sa femme Monique. Martial, lui, a eu une oreille arrachée dans un combat de boxe de rue et André l'a recollée (« à la colle à bois ? » m'a demandé Gaël, toujours moqueur). Quant à Kamel, c'était une brûlure de cigarette tout près de l'œil (sans doute une association d'idées avec la marque). Pour finir, notre bon Georges a tenté de cambrioler un manoir et s'est fait mordre l'arrière-train par le chien du propriétaire.

Cette théorie me paraît plausible. Quelques jours. Jusqu'à ma visite à Madeline, qui démonte encore toutes mes supputations. Je fais du surplace, mais j'avoue, ne lui dites rien par contre, j'avoue que je m'amuse. J'ai presque envie d'écrire la vie d'André, chirurgien d'établi à la colle à bois, spécialiste du rabotage et des blessures par balle.

15

—Alors… Olivier Moktar était un négociant en vins. Il aurait tenté d'arnaquer un baron de la drogue, amateur de doux breuvages. Celui-ci aurait découvert l'entourloupe et hop, il l'aurait flingué ? propose Maddie.

—PP ! je crie, conquérante.

PP, ça veut dire Pas Plausible. Madeline, depuis le début de ma visite, se prête au jeu. On refait la vie des hommes de la liste. Et, même si elle part avec un avantage de taille (elle connaît le fin mot de leur histoire), elle simule à merveille. Elle a repris des couleurs d'un coup. Il faudrait que je lui apporte des vitamines, elle est pâlotte. En même temps, avec ce qu'elle mange ici… Souvent, je la fournis en fruits, mais j'ai encore oublié. Cette chasse au trésor m'obnubile.

—Pourquoi PP ? demande-t-elle, suspicieuse.

—Il n'y avait pas encore de baron de la drogue en France à cette époque-là, ça a commencé plus tard.

J'étale un peu mon savoir. J'ai lu un livre à ce sujet quelques semaines auparavant, sur le fléau de la drogue dans l'Hexagone. C'est marrant ce mot. Hexagone. Sûrement inventé par un auteur qui voulait éviter une répétition. Un mot bifurcation en somme. Qui, naturellement, dirait, « Nous dans l'hexagone, on fait les choses de cette façon et vous dans la botte, vous faites comment ? ». J'en suis à la légalisation potentielle mondiale du cannabis quand je remarque que Maddie s'est un peu refermée. De toute façon, il faut que je m'arrête avant de lui raconter que, de nos jours, les dealers se diversifient et vendent aussi des cachetons. Je me recentre. C'est mon tour.

—Francis Tousseul a été poignardé par sa femme, Monique, qui, très colère, l'a poignardé.

—Deux fois ?

—Comment ça ?

—Elle l'a poignardé deux fois ? C'est que tu l'as dit deux fois...

—Ah... t'es chafouine !

—Toujours, répond-elle.

Et on continue. Chacun des personnages y passe. Certains deviennent magiciens-carreleurs, d'autres hommes d'affaires réputés atteints du syndrome de Peter Pan. C'est Martial Saybon qui refait les salles de bains et ensuite sort un lapin de son chapeau. Aucune idée de pourquoi. Georges Lavergne, le businessman reconnu, aurait tout perdu à cause d'une addiction. Il était accroc aux montagnes russes. Il a claqué tout son blé en tickets de manège et a divorcé trois fois. Comment supporter un homme-enfant qui ne prend son pied que dans une petite voiture lancée à toute vitesse sur des rails métalliques ? Moi, je serais restée.

C'est vrai, c'est sympa les fêtes foraines. Le brouhaha des musiques qui se mélangent, les enfants qui rient, les gens qui oublient leurs problèmes dans un train fantôme, ceux qui les crèvent à la carabine… J'aurais juste doublé de volume avec un mari pareil…. Les beignets ! Ça sent le gras, ça goûte le gras, l'huile de tournesol frite, mais ce que c'est bon un beignet. Alors oui, Georges Lavergne mangeait de la pâte sucrée à outrance avant de se faire secouer l'estomac dans une petite voiture qui grince mais, tout en haut, juste avant la pire descente du manège, Georges Lavergne était un homme heureux. Kamel, quant à lui, nous donne du fil à retordre. On hésite, on modifie son histoire tellement de fois qu'il a dû en avoir le tournis… On joue si longtemps qu'on ne voit pas le temps passer. À la fin de ma visite, elle m'annonce évidemment que je suis totalement à côté de la plaque, mais qu'elle a passé un très bon moment… Puis elle me remet l'enveloppe. La suivante. Je m'approche du but, elle me dit. Tu parles. Je lui rappelle qu'on décolle pour l'Argentine dans quelques jours, pour les fêtes de Noël, Maman a insisté. On continuera après ? Elle ne relève pas vraiment. Elle m'embrasse et va à la fenêtre. Elle cherche des yeux un oiseau en particulier. Impossible de me souvenir lequel. Peut-être que, quand je serai vieille, la nature m'intéressera un peu plus. Pour l'instant, elle ne bouge pas assez vite pour moi. Quand je rentre à la maison, Gaël a coaché les enfants pour qu'ils fassent le repas. En gros, ça consiste à déléguer les tâches à tes gosses en évoquant l'autonomie. Je pense rédiger un guide de vie de parents basé sur ce concept. Comment faire bosser tes enfants à ta place en leur donnant le moins d'argent de poche possible ? Si vous vous débrouillez bien, vous pourrez même bientôt virer votre femme de ménage ! Andrea a installé le fromage à raclette dans un plat de façon conceptuelle : des tas collés, des tours, des endroits vides…

—C'est zoli, hein, Maman ?

Rebecca a plongé les patates dans l'eau et surveille la cuisson. Je ne dis rien. On a vite fait de transmettre ses peurs à ses enfants. Depuis que mon copain de classe s'est ébouillanté à l'huile que sa mamie avait mise à chauffer pour lui faire de bonnes frites, pour lui faire plaisir, j'ai un souci avec le feu et les enfants. Dans les casseroles d'eau frémissante nagent de petits hommes armés de kalachnikovs menaçantes. Mais je sais Gaël prudent. Je dois lâcher du lest. Rebecca a aussi mis le couvert. Elle a dessiné des pommes de terre, les a découpées et a inscrit nos noms dessus pour définir nos places. Heureusement, elle n'a pas changé le plan de table, ma place c'est ma place, j'y suis habituée ! Eh oui, je vieillis. Par contre, ma patate-nom est beaucoup plus grosse que celle de Gaël… M'enverrait-elle un message ? Je demande à Rebecca, qui soupire.

—Maman, il faut arrêter de tout analyser.

Gaël se marre, mais cesse immédiatement.

—Toi, t'es ronchon, me dit-il en me prenant dans ses bras.

—Non ! je proteste.

Puis, je m'affale sur le canapé. J'entends dans la cuisine que mon mari complote.

—Pas de messes basses sans curé, je tente mollement.

Et ils débarquent tous.

—Intervention ronchon !!

Un énorme câlin plus tard, je vais mieux. Et puis, on s'apprête tout de même à déguster une raclette de luxe. Avec du fromage industriel, mais de luxe quand même.

—J'ai pas envie de faire les valises, j'ai pas envie de prendre l'avion si longtemps, j'ai pas envie du décalage horaire…

Et je retiens un, honteux mais si vrai, « j'ai pas envie d'y aller ». Si j'osais, je demanderais à Gaël d'y aller seul avec les enfants et je resterais ici. J'ai même pensé à dire que Maddie était malade, pour avoir une excuse de dernière minute. Mais ça va peut-être faire comme avec la virée pommiers, finalement j'étais contente de participer. J'espère en tout cas. Et puis, c'est ma famille que l'on va voir, pas celle de Gaël. Cela dit, ça ne risque pas. Il est orphelin et je me surprends à penser qu'il a de la chance.

Lettre non envoyée numéro 4

Maman,

Il paraît que l'on ne se souvient de rien avant nos trois ans. Ce matin, quelque chose m'est remonté. C'est une odeur qui a tout déclenché, une odeur et un souvenir de toi, de quand j'étais petit. Je marchais sans but, comme toujours, quand c'est arrivé. Tu étais assise en tailleur, observant tes pieds pour je ne sais quelle raison et tu as levé le visage vers moi. Comme par réflexe tu m'as souri et je suis reparti jouer. Tu vois, c'est pas grand-chose, mais déjà quelque chose. J'aurais pu me replonger dans ce moment, m'enrouler dedans comme l'on retrouve la couverture de notre lit d'enfant, mais je n'en ai rien fait. J'ai continué mon chemin comme tu me l'as toujours enseigné. Dans la vie, mon chéri, l'important c'est d'avancer. Est-ce pour ça que je marche tout le temps ? Je marche, je grimpe, on me regarde faire et des annonceurs me paient. D'ailleurs, j'ai

une nouvelle ascension à préparer. Je te laisse. Embrasse Papa et dis-lui que je suis très occupé, mais que, de temps en temps, je m'autorise à penser à vous,
Salomon.

16

NINA

Dans l'avion, une petite voix, vilaine, ne cesse de me répéter « Je ne sais pas qui est ma mère ». Je préfère encore « Le feu ça brûle et l'eau ça mouille. Tous les oiseaux volent dans le cieeeeeel »... La double dose de calmants ne me double-calme pas. Gaël s'occupe des enfants, c'est son heure. Je lance un film, une comédie à la con. Je n'arrive pas à en comprendre les dialogues. C'est dire. Quand on ne réussit même pas à parler le Cameron Diaz, à jeun, c'est pas bon signe. Alors, je me décide. Je me dis que Bénédicte, Maman, penserait que c'est une bonne pseudothérapie, et je me replonge mentalement dans tous mes souvenirs d'elle. Pour capter l'essence globale de son personnage, comme je le fais face à certains manuscrits, quand c'est un peu brouillon et que je ne sais plus trop qui est qui. Je m'épargne les informations de base, date de naissance, lieu, couleur des cheveux, patati et patata. J'essaye juste de me remémorer mes moments avec elle. En le faisant, bercée par le bruit ambiant de la cabine, je visualise comme un mur lumineux entre nous. Un je ne sais quoi qui nous sépare toujours. Ma mère est… particulière. Elle paraît être là quelques minutes puis elle s'évanouit. Pas pour de vrai, hein. Elle semble partir un peu, écouter sans entendre, comme si une scène parallèle se déroulait dans sa tête. Soit elle reprend le fil et nie avoir eu une absence, soit elle quitte la pièce sans même réaliser que c'est vexant. J'ai arrêté de me battre avec elle pour ça. On s'adapte aux gens qu'on aime comme ils essayent de s'adapter à nous, non ? « Maman », pourquoi ça sonne faux même quand je le pense juste ? « Maman », « Maman », « Maman ». Désolée, j'essaye de m'y habituer. Peut-être que la distance vient du fait qu'elle n'approuve pas vraiment mon mode de vie. Elle me donne des conseils régulièrement, mais ne me critique pas. Elle le faisait avant. Depuis qu'elle vit en Argentine, elle pratique la bienveillance à outrance. Elle appelle ça la sérénité mentale, l'acceptation du schéma de vie d'autrui. En gros, le « chacun fait ce qu'il veut et personne n'a à juger ». Même si elle n'en pense pas moins. Alors que dans le fond, elle a un avis tranché sur tout. Pour les écrans par exemple, nous on limite, mais elle, elle les a bannis depuis trois ans. Elle a un téléphone-téléphone comme elle l'appelle. Je dois lui envoyer des photos des enfants par la poste. En Argentine. C'est d'un pratique. Le temps que la photo de classe arrive, le gosse a déjà changé de niveau. De toute façon, la relation avec ses petits-enfants ne lui manque pas. Elle les aime, mais elle est très centrée sur des choses métaphysiques d'une haute importance.

Et son quotidien, quand elle n'est pas en cours de yoga ou en médiation digestive indispensable à son équilibre mental, est voué à de grandes causes. Bref, je tente de me rattraper à des moments de complicité avec elle. Il y a bien eu l'adolescence. Elle était assez proche de moi. Concernant les garçons surtout. Avec elle, au moins, pas de sujet tabou. Elle me ressassait l'importance du partage de l'orgasme. J'avais seulement treize ans, mais je savais déjà ce qu'il fallait exiger ! Avec Salomon, ils sont encore très proches. Ils l'ont toujours été d'ailleurs.

Il y a toujours eu une connivence entre eux. Comme s'ils avaient créé une langue commune qu'ils ne voulaient pas m'apprendre. Ma mère m'aimait, attention. Elle me caressait les cheveux, elle me faisait des gâteaux, elle participait à ma scolarité, on rigolait beaucoup, on chantait ensemble, mais c'était comme si quelque chose d'elle m'échappait. Ou peut-être que je me suis inventé tout ça après tout. Des ressentis de gosse. Un jour, quand j'en aurai le courage, j'en parlerai avec mon frère. Peut-être qu'ils sont juste perchés tous les deux. Mon père aussi en tient une couche. Il passe la moitié de sa journée sous hypnose à mâcher des feuilles de coca sur un canasson. Il faut dire qu'à Cachi y'a pas grand-chose à faire de plus. Armand Soubirot, ingénieur électronique d'apparence sérieuse, a fini par entendre des voix. En tout cas, il entend très bien celle de ma mère. Je respire un grand coup et je me répète « Chacun fait bien ce qu'il veut, pas de jugement, de la bienveillance ». J'en suis à me dire que ce mot m'exaspère quand un truc tout chaud et très bruyant arrive sur mes genoux.

—Ton tour ! me lâche Gaël, apparemment épuisé par nos progénitures.

—Il en manque un.

—Quoi ?

Il n'en peut vraiment plus.

—Il manque un enfant dans ta livraison. Où est Rebecca ? Dis-moi qu'on ne l'a pas laissée à l'aéroport ?

Un instant, je me demande vraiment si on l'a emmenée.

—Elle a trouvé une amie. De soixante ans au bas mot. Elles parlent monnaies, choix de drapeau et relations frontalières. Une Québécoise.

—Ah…

—Comment on va faire avec cette gamine ? Je veux dire, dans un an, elle sera plus intelligente que nous.

—À peine… à peine un an.

On pourrait continuer la discussion sur la précocité de notre enfant, mais ça n'a pas l'air d'intéresser Andrea qui lève et rabaisse, lève et rabaisse, lève et rabaisse la tablette de mon siège, secouant allègrement la dame de devant. Avant, arrière, avant, arrière. Et, vu sa réaction, ça fait sans doute trop longtemps que la dame de devant n'a pas été dûment secouée. Je décide d'emmener mon fils faire un tour dans l'avion avant qu'elle n'explose réellement. Gaël me prévient que, rangée 37, il y a un vieux monsieur qui a tapé la main de mon petit garçon parce que celui-ci avait osé poser ses petits doigts sur SON accoudoir. Gaël ajoute :

—Ne le tape pas.

—Promis, je dis en faisant un salut militaire.

—Et ne l'insulte pas !

—Ah… bah je fais quoi alors ?

Je pars en haussant les épaules et en riant toute seule. Je n'insulte jamais. Je fais pire. Une pointe d'ironie, une dose de mépris diluée dans une crème de politesse. Arme de poing. Je passe avec Andrea rangée 37. Le petit s'appuie sur le siège de la personne de l'autre côté de l'allée. Le vieux bougonne tout de même.

—Un chat dans la gorge, monsieur ? je lui lance.

—Pardon ? maugrée-t-il.

—Vous devez avoir un chat dans la gorge, vous grognez. Vous allez bien ?

Autour de nous, ça commence à sourire. Cinq heures qu'il emmerde tout le monde, au bout d'un moment il faut bien que le couvercle de la cocotte saute.

—Oui, ça va.

—Merci ? j'ajoute, presque au sommet du mont provoc.

—Merci ?

—Oui, je vous demande si vous allez bien, la bienséance voudrait que vous me remerciiez.

Il n'obtempère pas, évidemment. Les passagers autour de nous ont cessé de lire, ont retiré leurs écouteurs, incités par un coup de coude de leur voisin. Il se passe quelque chose. C'est alors qu'Andrea pose, comme au ralenti, sa menotte boudinée sur l'accoudoir de monsieur Aimable de père en fils. Le vieux grogne de nouveau. Je lui souris. Il lève sa main droite, tremblotante, fixant méchamment celle de mon tout petit. Je la retiens par le poignet et, mes yeux charmants plantés dans les siens, je lui dis :

—Si, pendant ce vol, vous vous avisez encore une fois de lever la main sur mon enfant, ou sur celui d'un autre, je vous retire votre dentier et je le fais disparaître dans le cosmos par le trou des toilettes de l'avion.

L'hôtesse arrive.

—Un problème messieurs dames ?

—Un problème, monsieur ? je demande à mon nouvel ami.

—Non, non, aucun. Nous conversions sur les progrès du petit Jordan.

Je continue mon chemin avec Andrea-Jordan. Le cœur battant encore très fort. Avant de rejoindre Gaël, je me dis que j'ai peut-être poussé le bouchon un peu loin.

—Tu l'as frappé ? me demande-t-il sans attendre.

—Non.

—Insulté ?

—Non…

—Menacé ?

—Oui. Mais t'avais pas dit de ne pas le faire. Il faut être précis aussi. Et puis, je crois que je lui ai rendu service. Maintenant, il va être gentil. Il va prendre des nouvelles de ses voisins passagers, il va devenir un autre homme. En tout cas, il s'accrochera à son dentier !

—Son dentier ?

—Laisse tomber.

—Et Rebecca ?

—Merde, Rebecca.

J'y retourne. Andrea préfère rester avec son papa. Ce que ce vol est long ! J'apprécierai plus le retour. Ma maison pour horizon.

—Ça va bien se passer, me dit-elle.

—Qu'est-ce qui va bien se passer, ma chérie ?

—Noël, l'Argentine, Mamie.

—Je sais.

—Alors pourquoi tu fais cette tête ? Les hormones ?

Elle vient de crier dans l'avion. Les gens se marrent. D'autres cherchent des yeux qui a bien pu dire ça. Oui, c'est ma fille. De sept ans. Qui sait tout sur les cycles hormonaux. Moi qui trie les informations à fournir à mon cerveau de peur de le saturer… Elle, elle est comme son père.

—Je veux tout savoir Maman, tu comprends ?

Non, justement. Quand elle avait à peine six ans, on faisait une balade à vélo et elle m'a interrogée sur les cycles. Elle a fini par me demander si une femme était fertile tout le mois. Difficile de répondre à une question si bien posée : « l'arrivée d'un bébé dépend du planning de vol des cigognes ». La psy nous avait conseillé de répondre à ses questions. Sans s'attarder lorsque le sujet est polémique, mais de répondre. Un enfant précoce est souvent un enfant frustré et lui expliquer les choses temporise. Quand la psy m'a demandé si nous avions évoqué avec elle comment on faisait les bébés, j'ai juste répondu que nous lui avions montré la vidéo de sa conception. Elle a tiré une tronche ! Puis elle a ri et a conclu « Je vois d'où vient l'humour de Rebecca. Les chiens ne font pas… » « Des chats, l'avait interrompue la gamine, des chats, bon on y va maintenant, il fait beau dehors ».

—Je ne suis pas en phase descendante de mon cycle hormonal, Rebecca, j'appréhende juste de voir Mamie, Papi et Salomon.

—Est-ce qu'il est juif ?

—Qui ?

—Bah, Tonton… Il s'appelle Salomon.

Je me gratte la tête. Je fais ça quand je réfléchis. Salomon, juif ?

—Bien sûr que non, je réponds, enfin pas de naissance puisque c'est mon frère et que Mamie n'est pas juive. La religion juive se transmet par…

—Je sais, elle me coupe, je sais, par la mère. C'est juste son prénom, quoi. J'ai entendu ça dans un film que j'ai vu avec Papa.

Je me gratte de nouveau le crâne puis on rejoint notre place. Andrea s'est endormi, Rebecca tente de faire de même. Moi, j'essaye de renouer le dialogue avec Cameron Diaz. Cette fois-ci, ses mots forment des phrases et ses phrases ont du sens ! Je me laisse porter jusqu'à l'atterrissage par la comédie du moment qui m'en fait passer un relativement bon. Maintenant, il faut prendre un autre avion de Buenos Aires à Salta puis louer une voiture et rejoindre Cachi par la route. Le périple est très, très loin d'être fini. Chaque kilomètre parcouru me paraît en faire trois, m'éloigne de mon cocon et me rapproche de ma mère. *Exemplaire, je peux être une fille exemplaire.*

17

Ma mère porte un sarouel blanc, le fond de pantalon lui arrive à mi-cuisse, la taille est joliment resserrée par un bandeau large qui souligne que le temps ne fait pas effet sur elle. Elle a des abdos en béton. Pas de poignées d'amour. Elle s'approche de nous doucement, effleure, pensive, la tête de Rebecca et d'Andrea puis appose sa main sur mes épaules en murmurant :

—Namasté… Namasté… Namasté…

Son ton est délicat, doux. J'ai envie de la frapper. C'est vrai, quand tu t'es tapé plus de vingt heures de trajet, que tu as le décalage horaire dans la tronche, t'as envie qu'on te serre dans les bras, qu'on t'arrache ta valise des mains et, qu'à la place, on y colle un verre de rouge en te disant :

—Les steaks sont déjà sur la braise, asseyez-vous !

Au lieu de ça, on a le droit au tour du propriétaire, bercés par une musique zen qui sort de petits haut-parleurs en forme de haricots dans lesquels Andrea tape vigoureusement. Je fais semblant de ne rien remarquer. Mon père n'est pas là.

—Où est Papa ?

—Il finit sa séance de Pilates. Puis, il fera vingt minutes de méditation. Et il viendra te saluer, Nina, me répond-elle.

Gaël serre ma main.

—Chut, me souffle-t-il, ça va aller.

—Et Salomon ?

J'entends en fond un « Comment, Salomon, vous êtes juif ? » qui m'amuse. Enfin, un peu de gaieté. Dans ma tête au moins.

—Salomon n'arrivera que demain, il finit son trek. Il affiche des performances impressionnantes et ses photos sont prodigieuses !

Elle ne parle pas, elle susurre. Elle expulse les mots en soupirant, sans doute en serrant son périnée.

—Béné... Maman, j'ai besoin d'une sieste, je ne me sens pas... bien. Tu aurais quelque chose à manger ?

À ces mots, les enfants se figent, plus intéressés par un hypothétique goûter, ou dîner, que par la visite d'un jardin japonais.

—Oui, bien sûr, le repos du corps est nécessaire au repos de l'âme, ma chérie.

Son « ma chérie » sonne comme celui qu'adresserait une prof de yoga à une bonne élève, mais c'est déjà ça. J'ai toujours quémandé de la tendresse avec elle. « *Prendre ce qu'il y a à prendre* » me dit toujours Maddie. Maman enchaîne :

—Dans vos chambres, vous trouverez des graines de chia, des yaourts de brebis, du tapioca et des amandes.

Mon petit doigt me dit que nous allons nous battre pour les amandes. Ce que confirme le fait qu'on se mette tous à courir vers la maison. Bénédicte soupire. Je l'entends de là. *Des sauvages*, elle doit penser, *des sauvages*. Gaël me prend dans ses bras, après qu'on a défoncé le paquet d'amandes et senti un des yaourts en faisant un concours de grimaces.

—Ça va être long, très long ! Dors un peu, je gère les monstres, me dit-il.

Il n'a finalement personne à gérer, mais le cœur y était. On a tellement dormi qu'ils n'ont pas osé nous réveiller pour le dîner. En même temps, on n'a sans doute pas loupé grand-chose. Peut-être un bol de quinoa ? De bon matin, Gaël se rend discrètement à la supérette du coin et se débrouille pour nous rapporter de quoi manger. Que des conneries hyper sucrées.

—Pourquoi t'as choisi ça, mon cœur ?

Les enfants exultent. Je vois même Andrea taper dans ses mains.

—On n'en achète jamais… je reprends, en regardant l'énorme paquet de bonbons déjà éventré.

—Je crois, il sourit, que c'est par transgression.

Je regarde mon mari qui se rebelle contre sa belle-mère en se vautrant dans du sucre raffiné avec mes deux enfants. Je tire la langue aux bouddhas voyeurs installés partout et je me dis que ma maison c'est eux (mon mari et mes enfants, pas les bouddhas) et que ce qui gravite autour ne devrait pas avoir grande importance. On débarque au petit-déjeuner sur la terrasse, surexcités par l'excès de sucre. Les gosses courent partout. La musique zen qui passe en continu est désormais si lointaine qu'elle paraît arriver du village de Cachi qu'on aperçoit au loin. Ma mère sourit. Elle semble ravie.

—Regarde, Maman a l'air très heureuse qu'on soit là, je dis à Gaël, agréablement surprise.

—Oui, c'est vrai…

Puis, Bénédicte retire ses écouteurs.

—Pardon, je finissais ma séance matinale de méditation. Bien dormi ? Diego est venu vous chercher hier pour le dîner, mais vous sembliez épuisés.

Elle débite ça d'un ton monocorde. Son sourire n'était pas pour nous.

—Diego ?

—Oui, il travaille pour nous.

Je croque dans un pain noir sans savoir s'il est périmé depuis un ou deux ans. Et le goût ne me rassure pas. Je demande où est le beurre et c'est comme si j'avais demandé à ma mère si elle pratiquait la sodomie. Elle semble outrée. Gaël me tend de la margarine orgánica, bio. Je le remercie, tout de même.

—Je dois filer, annonce Bénédicte, je dois à mon jardin japonais une heure de collaboration par jour et j'aime m'y consacrer le matin.

—Pour tes chakras ?

—Rien à voir, Nina. Je t'ai expliqué maintes fois l'importance des chakras mais j'ai la désagréable impression que tu n'en as que faire. Je me trompe ?

Gaël m'intime du regard de ne pas répondre. On a convenu d'attendre au moins 24 h avant de lancer les premières festivités conflictuelles. Mais où est mon père, bon sang ? Sa séance de Pilates a bien dû prendre fin. Ou alors il a quitté ma mère depuis une bonne année et elle ne s'en est toujours pas rendu compte. J'imagine Papa faire sa valise, cracher sur les bouddhas, déterrer quelques herbes thérapeutiques du jardin à quatre pattes, les yeux révulsés, prendre un avion vers la capitale et intégrer un gang de motards délinquants, se faire tatouer une Harley sur un bras et un Fuck Bouddha sur l'autre. Je me marre toute seule quand il débarque, en short de tennis.

—Gaël, une partie après ce petit-déjeuner rassasiant ?

Il y a toujours eu entre eux une complicité naturelle. Papa me serre dans ses bras, si fort qu'il manque de me casser une côte. Ce que c'est bon !

—Papa, je soupire, Papa.

—Ma bichette... ma crotte en sucre.

Rebecca nous observe. Elle se servira de ce « ma crotte en sucre » pour se moquer de moi, c'est certain.

—Et toi, dit Papa en se tournant vers Rebecca, toi tu es la grande cousine de Rebecca, c'est ça ?

Il la regarde comme il aurait vu un fantôme, cherchant sans doute une quelconque ressemblance avec la petite fille qu'elle était la fois précédente.

—Moi je suis Rebecca, première du nom !

Mon père marque un léger mouvement de recul, comme si une pensée intruse venait de passer, un nuage rapide qui camouflerait un instant le soleil en pleine séance de bronzage.

—Et moi, Andrea, s'impose le petit, z'ai trois ans !

Et il lève fièrement deux doigts. Tout le monde se marre. J'ai soudain l'impression d'être en famille. Souvent, j'envie les gens simples. Je veux dire les gens chez qui les réunions de famille sont si courantes que ça gueule un peu, ça se rafistole avec une tape dans le dos et un whisky bien frais dans un gobelet en plastique. Les gens chez qui on ne théorise pas tout, chez qui une parole prononcée dix ans auparavant ne laisse pas une trace indélébile. Les gens chez qui ça pète, quoi. J'ai toujours eu l'impression que, chez nous, les choses sont trop lisses pour être vraies, et la sensation que l'explosion serait salvatrice. Mais peut-être qu'il n'y a juste rien à faire éclater, que ma mère est juste perchée et que mon père se contente de la suivre. Quant à Salomon…

La journée passe tranquillement. Ma mère a l'air apaisée, sans doute grâce à son jardin, ou à sa méditation, ou à son yoga, ou à son homme à tout faire, qui sait ? Elle ne dit rien. Je sens que, quand les enfants hurlent, elle rentre en elle-même pour ne pas les prier de cesser ce putain de vacarme. Diego se révèle très sympathique. Il ne parle pas un mot de français, mais on réussit tous à communiquer. Mon espagnol revient petit à petit. Le soir, on couche les mioches et on va au village avec lui. Gaël et moi j'entends, mes parents se couchant et se levant en même temps que le soleil, leur Dieu suprême. Je ne me souvenais plus à quel point j'aimais Cachi. Décrire cet endroit est un combat perdu d'avance. Impossible à retranscrire. Tout ce que je peux vous dire c'est que tout s'y passe au ralenti. Les voitures roulent en première, les chevaux vont au pas, les cavaliers font du droite, gauche, droite, gauche sur leurs selles en mâchouillant leurs feuilles de coca, au bar les discussions sont lentes, le service aussi, mais qu'importe. Ah oui, à Cachi on croit aux extraterrestres. Il y a même une piste d'atterrissage pour soucoupes volantes qui a été construite non loin de la propriété de mes parents. Et si on lance les habitants sur le sujet, on remplit une soirée en anecdotes. C'est ce qui nous arrive. On comprend la plupart des phrases, pour le reste on comble, ce qui, sur un sujet pareil, ne donne que plus de piquant. On rentre, saouls et heureux. Rebecca et Andrea dorment l'un dans les bras de l'autre.

Le lendemain, quand Salomon arrive, j'ai l'impression que la tension monte encore un peu. Je gobe un Mentos. J'appréhende toujours les réactions de mon frère. Il est beau, il est drôle, il est intelligent. Et moi, à côté, je me sens godiche, mes réussites me paraissent minuscules face à une ascension de montagne à mains nues ou presque. Et puis, il a cet humour piquant, qui peut être très blessant. Sur mes quelques kilos en trop par exemple, que j'aime bien moi, et puis, faut pas exagérer, on n'est pas toutes obligées de faire un 36 ou sur le métier de Gaël, qu'il considère comme un « colorieur ». J'ai toujours pensé qu'il nous méprisait. Ce qu'il dément le soir même.

—Ça va Nina ?

—Oui et toi grand frère ?

—On ne peut mieux, j'ai adoré ma dernière expédition. Et, tu sais quoi, je crois même que je suis tombé amoureux…

—Ah… Raconte.

—De la nature, du coin et pas que… Le sud de l'Argentine regorge de paysages à couper le souffle. Garde-le pour toi, mais je pense à m'y installer depuis un moment. Et maintenant que j'ai rencontré quelqu'un, ça devient encore plus concret.

—Elle s’appelle comment ? Elle est comment ?

—Elle est… une. On s’en fout de la couleur des cheveux et des yeux, non ? Brune aux yeux noirs, mais elle pourrait aussi bien être blonde aux yeux verts, ça ne changerait rien.

—L’important dans ses yeux, c’est qu’elle les utilise pour te regarder ? j’ajoute en souriant.

—Je suis si cliché que ça ?

—Non, l’aventurier sexy au grand cœur, le voyageur courageux et maintenant romantique.

Il ne répond pas tout de suite. Il semble perdre un peu d’assurance. J’entends presque le sifflement insupportable d’un ballon qui se dégonfle avant de voler à l’autre bout du salon.

—Nina, je peux te poser une question ?

—Oui.

—Comment tu fais pour tout réussir ?

Je manque de recracher l’amande du paquet qu’on a volé à nos parents.

—Moi ? C’est pas cool de se moquer.

—Je ne me moque pas.

—Allez, arrête, je fais juste ce que je peux. J’ai pas d’ambitions démentes, mais ça me va comme ça.

—Nina… tu crois que je suis ironique quand je te dis ça ?

Silence. Il reprend :

—T’as la vie dont je rêvais, mais moi je suis trop…

Il retient quelque chose.

—Je suis trop compliqué… trop blessé…

Furtivement, je me demande ce qui a bien pu blesser mon frère. Tout lui réussit. Du tout cuit, tout le temps.

—La normalité de ton quotidien... Sans te vexer, hein... je rêve de ça, en ce moment. De jours qui se ressemblent. Tiens, raconte-moi, comment se passe une de tes journées ?

—C'est que, j'ai pas un planning fixe, oh ! J'ai pas 90 ans.

—Tu vois, t'es vexée.

Il m'ébouriffe les cheveux en gazouillant un « ma crotte en sucre ».

—Bon, bon. Je dépose les enfants à l'école à 8 h 20, enfin plutôt à 8 h 35 pour être honnête. Tu comprends, la directrice me sort par les yeux et elle insiste tellement sur la haute importance de la ponctualité pour la rigueur que nous devons inculquer à nos enfants qui deviendront des adultes à responsabilités... que je traîne un peu, involontairement ou volontairement, je sais plus. Je les récupère à 16 h 30. Entre les deux, je bosse, soit à la bibliothèque, soit en lisant des manuscrits pour le comité de lecture dont je fais partie.

Je tais que, pour être en forme le matin, je prends un petit quelque chose. Que pour être concentrée l'après-midi, je me gargarise au Guronzan. Que pour dormir le soir, je suçote un calmant qui apaise tous mes muscles en quelques minutes. Et que je complète le tout par quelques anxiolytiques aux molécules variées en cas d'imprévu. Je lui raconte plutôt les romans que je découvre, ma collègue, nos sorties avec Gaël, notre amour niais, nos enfants mi-insupportables mi-parfaits, nos bêtises tous ensemble... Et je lui décris aussi les visites à Maddie.

—Comment elle va ? demande-t-il, penaud.

—Elle va bien, je crois. Tu la connais, elle dit bien ce qu'elle veut… et elle fait ce qu'elle veut aussi… D'ailleurs… elle m'a organisé une chasse au trésor option secret de famille !

À ce moment-là, tard, dehors, juste tous les deux, j'imagine qu'on va partager un moment complice. Que Salomon va se prêter au jeu de la chasse au trésor, m'aider. Qu'on va sortir un carnet et prévoir notre plan de route. *De la cohésion, enfin.* Mais il se contente de m'embrasser rapidement et il s'en va. Même pas eu le temps de lui dire que papi André n'était pas espion pour les Chinois !

Lettre non envoyée numéro 5

Mamie Madeline,
Je t'écris cette lettre pour te faire part d'un exploit. Hier, j'ai validé mon premier Iron Man. Non, je ne me prends pas pour un super-héros en slip comme tu les appelles, c'est le nom d'un défi sportif. Tu dois nager, faire du vélo puis courir. Les distances sont dingues et l'effort physique presque inhumain. D'où le titre d'homme de fer. Et, je ne sais pas pourquoi, quand j'ai passé la ligne, tu étais avec moi. J'avais l'impression de sentir ton regard qui pousse, tu sais, celui que tu fais quand tu estimes que je suis assez grand pour me débrouiller seul. Et j'ai réussi ! Motivé par cette image, impossible d'abandonner. Et j'en suis fier ! J'ai gagné des centaines de followers, Mamie ! Tu te rends compte ? Non, sûrement pas. Mon travail me rapporte de plus en plus d'argent, ce qui me manque c'est l'occasion de le dépenser. Des amis de longue date. Je côtoie des gens de passage, des randonneurs, des blogueurs qui

viennent me voir mais, comme je ne dis rien sur moi, les relations restent superficielles. Quand je parle comme ça j'ai l'impression d'être chez le psy. Tu m'as tellement tanné pour que j'y aille, et j'aurais dû t'écouter. Mais tu connais ta fille... têtue et décidée à tout résoudre par un moment assis en tailleur, concentrée à bien faire rerentrer ses émotions.

Nina m'a dit pour la chasse au trésor option secret de famille. Il n'y a bien que toi qui es courageuse dans cette tribu étrange. Je ne dis pas que je suis d'accord, je ne dis pas que c'est une bonne idée. Je ne dis pas que c'est une mauvaise idée. Je fais comme d'habitude, je la ferme et je suis le mouvement. De toute façon, je n'ai jamais eu le courage d'aller contre. Même un saumon est plus ambitieux que moi. Moi le courant, je le subis sans même envisager de le remonter. C'est tout moi ça, je commence ma lettre en te disant que je suis trop fort et je la finis en me dénigrant.

Je t'embrasse,

Salomon

18

NINA

Ce matin, dire que les choses sont tendues serait un euphémisme. C'est simple, ma mère glousse. Elle avale une gorgée de thé, elle glousse. Elle répond à une question banale, elle glousse. Émane d'elle un petit son contraint, un vague bruit aigu qui trahit sa gêne. Gaël me demande si elle a un truc coincé dans la gorge. Mais je le connais bien, ce bruit, pas de souci à se faire. Elle le fait au téléphone quand on la dérange ou quand le sujet la met mal à l'aise. Mon père fait un tampon charmant, mais je sens que la moutarde va vite nous monter au nez. Chez nous, au petit-déjeuner c'est pas l'instant Ricoré mais plutôt l'instant Amora ! Au milieu de ce silence pesant, Rebecca demande à prendre un bain.

—Je l'accompagne ! je crie.

—Maman, je me débrouille parfaitement seule, répond Rebecca.

—Elle a avalé un dictionnaire, ta fille ? me demande Salomon, comme si Rebecca n'était pas là.

Ça la vexe comme un pou, elle part en courant. Je la suis.

—Désolée, je dis en haussant les épaules.

Quelle belle excuse pour m'éloigner... Un bain d'enfant, c'est long. *Je dirai qu'elle était très très sale. Que j'ai dû frotter.* Je lui caresse les cheveux alors que son petit corps est immergé dans l'eau. Elle ne se cache pas encore vraiment, elle débute tout juste sa carrière de pudique. Viendra le jour où elle me réprimandera d'un « Maman ! » appuyé quand j'entrerai dans sa chambre sans frapper, le jour où elle fermera la porte de la salle de bains... Je savoure que ce moment ne soit pas encore arrivé. Pas que j'aime la voir nue, ce serait... bizarre ? Non, c'est juste que, ce jour-là, elle m'échappera un peu.

—Maman, il se passe quoi ?

—Où ? je demande, dans le cosmos.

— Ici, chez Mamie. Houhou !

Elle agite ses petites mains comme les chefs de piste à l'aéroport.

—Ah... rien, mon cœur, rien.

Une larme.

—Si. Tu pleures.

—Je pleure de... joie. J'aime être seule avec toi.

—Tssss... Tsss, marmonne-t-elle en plongeant sa main dans la mousse. C'est quoi cette ambiance ?

Quand on me dit « ambiance », je pense direct à une soirée au camping, marcels et robes moulantes, Patrick Sébastien repris en chœur, les démons de minuit à fond les ballons, un bon taboulé industriel et du rosé qui déborde des verres. Et... on en est loin !

—J'en sais rien, j'avoue.

Vaincue.

—Mamie, c'est quoi son problème ?

—Si elle n'en avait qu'un…

—Quoi ?

—Non, rien.

Silence. Elle n'insiste pas sur ce qui est de ma mère.

—Papi est gentil. J'avais oublié.

—Tu avais oublié qu'il était gentil ?

—Non, je les avais oubliés, en fait.

Deux ans dans la vie d'une gamine de sept ans, c'est énorme. Elle garde de ses grands-parents quelques photos qu'elle a affichées dans sa chambre, plus par politesse que par affection.

—Je suis désolée, je murmure, avant de fondre en larmes.

—Et là, tu pleures de joie ?

Je souris un peu. *Elle me fatigue cette gosse à tomber juste. Elle ne peut pas parler de princesses comme les autres. Si je creuse, elle a plus de conversation que certaines de mes copines.* Je lui avoue que je ne sais pas ce qui se passe, que la situation m'échappe, que Mamie est secrète et que Papi, oui, est gentil. Elle réfléchit un moment et décrète qu'elle veut apprendre le tennis avec son grand-père.

—Tu comprends, Maman, ça lui fera du bien de m'apprendre quelque chose.

Au moment où je décide de faire une sieste du matin parce que c'est pas juste que seuls les bébés y aient droit, Andrea débarque.

—Mon tour ! annonce-t-il, tout fier.

—Ton tour de quoi ? je m'étonne.

—D'être avec Maman.

On fait des câlins, on joue au docteur, il me guérit de pas moins de vingt-deux fractures ! Je serais tombée d'un balcon sur un bateau, la mer serait en feu et aurait tout cassé dans Maman. Bon. Heureusement, mon petit pompier secouriste (et aussi plombier, il a toujours la raie à l'air ce gosse) me sauve d'une mort atroce et douloureuse. Puis arrive l'heure du déjeuner. De ça, je doute qu'Andrea puisse me sauver. *Et en avant les hostilités.* Elles démarrent juste après l'entrée. Maman prend la parole. J'en suis presque soulagée, le silence devenait pesant. Si lourd que Diego a même tenté de faire sortir de la musique un peu joyeuse des haricots haut-parleurs. Initiative immédiatement interrompue du regard par mon père. Il se trame décidément quelque chose.

—Salomon m'a dit que Maddie faisait des siennes, lance-t-elle comme un galet, en espérant un ricochet.

—Des siennes ? je demande, faussement innocente.

—Oui, son idée de…

—De… ?

Je joue un peu.

—Mais si, tu sais bien, précise-t-elle.

—De chasse au trésor ? C'est sympa, non ? Bon… au début, j'avoue que ça m'a barbée. On a un programme chargé, mine de rien, même si on ne fait pas huit heures de yoga par jour et qu'on n'escalade pas de montagne…

Je vois Gaël mimer des ciseaux. Il me fait ce signe quand il faut que je stoppe l'hémorragie verbale qui me conduit tout droit en terre ennemie.

—Mais, au final, c'est une bonne idée, je conclus, davantage pour me faire taire.

—Et tu as trouvé quelle était la révélation ?

—…

—… le secret de famille ? elle lâche.

Sûre qu'elle transpire. Rien d'étonnant quand il fait presque trente degrés, mais tout de même. Et si elle faisait un malaise ?

—Peut-être…

Mais ça ne m'empêche pas d'en jouer. Je me sens tout à coup puissante. J'ai la bonne main au poker familial. Ce n'est jamais moi, d'habitude. J'ai souvent l'impression qu'on me cache des choses. Je suis la petite dernière, je suis restée la niaise de cinq ans qui pleure facilement et qu'on doit protéger. Mais là, à cet instant, je les tiens tous en haleine… Je remercie Maddie pour ça. Je me demande ce que je vais jouer ensuite, jusqu'où je vais aller. Tapis ?

—Nina, ça suffit ! s'énerve mon père.

Je me fige. Je n'ai jamais entendu mon père hausser le ton avant. Ah si, une fois, quand il m'a surprise dans le garage en train de rouler des pelles à Nathan, un mec de ma classe en quatrième. Quelle affaire ! Il s'était calmé vu que Nathan était parti en courant et qu'il s'était pris les pieds dans mon vélo de gamine en se rétamant proprement sur son nez qu'il avait trop long pour rouler des pelles d'ailleurs. Mon père lui avait tendu la main pour le relever et mieux se moquer de lui. Ensuite, il n'avait plus jamais rien dit concernant mes relations. Comment j'aurais pu me construire normalement entre un père réfractaire à ce que je grandisse et une mère qui prônait l'orgasme alors que je ne savais même pas ce que c'était ? Avec Gaël, il faudra qu'on en discute avant d'en parler aux enfants. Je pense à ça quand je vois de nouveau mon mari mimer les ciseaux. *S'il commence à le faire pour mes pensées, on n'a pas fini... Mais c'est vrai que tout le monde m'attend...* Je regarde mon père et je redeviens une gamine.

—Je sais rien ! On a des indices, mais rien de plus... Maddie est compliquée, ça va durer des mois son truc. Vous voulez que je vous raconte ?

—Non, me coupe ma mère, l'air soulagée. Si tu n'as pas la solution, non merci.

J'entends un « Je ne veux pas savoir ce que cette vieille bique a concocté » qu'elle ne prononce pas vraiment, ou peut-être que si. À partir de là, la tension redescend un peu. Le soir, on fête Noël, et je dois dire que tout se passe bien. Les cadeaux plaisent, ma mère exulte : un livre sur l'autohypnose, celui qu'elle voulait trop ! Mon père a une nouvelle raquette et elle n'a pas souffert du trajet, les enfants sont gâtés même s'ils ne comprennent rien à leurs cadeaux. On lira les instructions plus tard. Ici, pas de jouets électroniques idiots. Et tant mieux. Il y a quand même des choses que je respecte dans les valeurs de mes parents. Le dernier jour, je suis même un cours de yoga avec eux. Moi qui croyais détester ça, je me prends au jeu. Bien sûr, sur le coup, je ne réalise pas que ce qui m'apaise c'est essentiellement le silence de ma mère et la vue à couper le souffle. Face à mon mur, chez moi, sûre qu'aucun apaisement ne m'envahira et que je déciderai de reprendre mes séances de Wannabe, bien plus efficaces pour évacuer mon stress. Allez, puisque c'est vous, je vous révèle mon secret. Quand je suis hors de moi, énervée, exaspérée, je mets les Spice Girls à fond et je chante en yaourt en secouant mes cheveux détachés. Voilà, vous savez. Vous allez finir par tout savoir, à force. Dans l'avion, je m'accroche à ce futur moment, quand je ne réussis pas à me reposer, quand Andrea décide de nouveau de se balader partout pour chatouiller les gens qui dorment et quand Rebecca se plaint qu'elle s'ennuie, comme si c'était la pire torture du monde. Je m'accroche aussi au fait qu'on rentre enfin chez nous. J'aurais aimé que ce séjour se passe bien et ressentir, sur le trajet retour, un mélange de manque et de nostalgie précoce, mais il n'en est rien. Je me sens soulagée et triste de l'être. Puis, je culpabilise. C'est vrai, mes parents ne sont pas si horribles, d'ailleurs tout le monde les adore. Et ils s'entendent à merveille avec mon frère. Ça doit venir de moi. Voilà, je recommence. Si ça se trouve, je m'invente des rejets qui n'existent pas. Ou pire, en les imaginant je les crée et je les rejette aussi ? C'est vrai que je ne suis pas trop allée vers eux non plus. J'ai fui la tendresse autant que la confrontation. J'essaierai de faire mieux la prochaine fois. Peut-être.

19

Jamais mon lit ne m'a paru si accueillant. Je gémis de bonheur en y entrant. Gaël se retient de se moquer. Il ressent la même chose, mais en silence. Avant de partir, je m'y couchais comme si c'était normal, mais là, je savoure le confort qu'il m'offre à sa juste valeur.

—Qu'est-ce que tu dis ? me demande Gaël.

Mince, j'ai dû murmurer la louange à mon matelas au lieu de juste la penser.

—Rien ?

Il soupire et me serre contre lui. Il a cette qualité de ne pas tout le temps creuser. Par respect de ma façon d'être ou par peur de ce qu'il peut trouver ?

—On va s'en remettre ? je lui demande.

—De tes parents ?

—Du décalage horaire ! Mes parents sont adorables, Gaël.

On rigole un peu et on s'endort. Dormir puis réfléchir. Je pensais que le lendemain j'allais recouvrer mes esprits, visualiser les détails de notre séjour et trouver la clef, avec le recul. Au lieu de ça, je passe la semaine à comater. Je me vois en dehors de mon corps en train de faire des bêtises, je mélange les mots, les prénoms, la cata ! Je n'ai jamais bien encaissé les longs voyages. Je suis encore vaseuse quand je retrouve Maddie aux Flocons Verts. Si vaseuse que je la trouve plus petite, comme si elle avait perdu trois centimètres en une semaine. L'inverse des retrouvailles avec un gamin.

—Ma chérie, entre.

Elle est à la fenêtre. Ce rituel me fait du bien.

—Alors, l'Argentine ?

—Oh…

—C'était pas bien ? Vous avez eu beau temps ?

—Ça oui, il faisait un temps magnifique. Les enfants ont beaucoup aimé les chevaux. Moi, j'ai adoré retrouver les maisons basses, toutes blanches, les couchers de soleil au parfum de tanin.

—Tu aimes donc Cachi ?

—Oui.

—Mais ?

Maddie a un radar à sous-entendus. Cela dit, pas besoin d'être mentaliste pour voir que quelque chose cloche.

—Mais…

Je me mets à pleurer, une fontaine. Je suffoque, je ne trouve plus mes mots. J'ai envie de me recroqueviller dans son lit médicalisé et de ne plus en sortir. Et je me sens idiote. Idiote de chialer comme une madeleine devant une vieille dame qui a vécu 90 ans et des choses bien pires que celle-là.

—Allez, lâche tout, tu pisseras moins.

Je souris un peu.

—C'est que c'était tendu. Maman évolue dans son monde et Papa la suit comme un toutou. Il a bien joué avec Rebecca et j'ai parlé un peu avec lui, mais il y a une barrière entre nous tous. Peut-être que la distance a juste lissé nos sentiments, j'en sais rien.

—Tu sais ma douce, ta mère a toujours été décalée, ce n'est pas contre toi. Mais c'est une belle personne. Je le sais, c'est ma fille.

—Oh Maddie, ce n'est pas que je voulais dire qu'elle était mal élevée ou…

Elle me coupe en riant.

—Oh tu sais, avec les enfants on fait ce qu'on peut plus que ce qu'on veut. On leur donne des clefs, à eux d'ouvrir les bonnes portes.

Je médite là-dessus une minute, histoire aussi de reprendre mon souffle.

—Je suis jalouse, je crois.

—De ?

—De Salomon. Il a tout, il est beau comme un jour qui se lève sur une colline argentine, il est intelligent, fin, plein d'humour, il a une confiance en lui époustouflante et…

—Et il s'entend bien avec ta mère.

—Oui, et moi je suis le vilain petit canard de leur ferme magique. Comme si j'avais été adoptée et que je n'étais pas tombée au bon endroit.

—Ça, c'est ironique comme pensée, dit Maddie.

Elle ne développe pas. Elle va faire du thé, dispose dans sa petite assiette à gâteaux des biscuits et les aligne parfaitement, comme à son habitude.

—Rien ne vient de toi, affirme-t-elle ensuite.

—Comment ça ?

—Bénédicte était une personne avenante. Quand la vie l'a… bousculée… elle a trouvé du réconfort dans un monde parallèle. Sa préoccupation principale a alors été de nourrir sainement son corps et de combler son esprit. Je crois qu'elle a choisi la bonne voie.

Je n'ose pas demander ce qui l'a bousculée. Je n'ai pas le souvenir d'un évènement marquant dans la vie de ma mère, mais on ne sait pas grand-chose de la jeunesse de nos parents finalement. Je m'imagine alors une histoire d'amour chaotique qui l'a emportée dans un tourbillon d'espoirs et recrachée deux rues plus loin en petits morceaux. Moi, je pleure bien parce que mes fêtes de Noël ont juste été bizarres. La tristesse est une valeur relative et tous les chagrins sont respectables.

—Ah, j'ai ton cadeau Maddie… Maddie ?

Le temps que je cherche mentalement ce qui a pu bouleverser la petite vie tranquille de ma chère Maman, Maddie a sombré dans un microsommeil. J'avais déjà entendu mes copines me parler de leurs grands-parents qui piquaient du nez quelques minutes et revenaient à leur partie de domino comme si de rien n'était, mais ça n'était jamais arrivé à Maddie, du moins pas en ma présence. Je profite de la pause pour aller regarder à la fenêtre, je n'ose jamais vraiment, c'est sa place. Je sors son cadeau de mon sac, je fais un peu de bruit volontairement et elle revient à elle. Elle ouvre son présent, comme elle l'appelle.

—Ma chérie… C'est que… merci.

Une édition illustrée des Fleurs du mal. Elle a l'air très émue. Même un peu trop, je trouve.

—Ah, et j'ai un petit quelque chose de la part de Salomon.

Je sens Maddie se tendre un peu.

—Envoie, me dit-elle.

Elle déplie alors son collier de perles et de plumes, enchantée. Elle verse une larme quand elle lit le petit mot de mon frère. Je ne sais pas ce qu'il dit. Je ne demande pas.

—Dis, Maddie, est-ce que quelqu'un dans la famille connaît déjà le secret de la chasse au trésor ?

Elle ricane.

—Est-ce que je te fais mariner alors que j'ai simplement déjà tout révélé aux autres, sans qu'ils ne fassent aucun effort ?

Elle réfléchit un peu puis répond :

—Bien sûr que non. Secret inconnu. Tu seras la seule à savoir et tu transmettras l'information, bien sûr.

Je m'apprête à repartir, rassurée, quand je repense à la phrase de Rebecca dans l'avion.

—Ah Maddie, tu ne sais pas ce que Rebecca m'a demandé dans l'avion…

—Non, mais je sens que je vais bientôt le savoir !

—Elle m'a dit « Maman, Salomon, il est juif ? ».

Lettre non envoyée numéro 6

Nina,

Vous venez de quitter Cachi et je ressens un immense soulagement. Te voir arriver m'a terrifiée. J'ai conscience de la tristesse de ces mots, je sais que je devrais être capable de t'apaiser, mais je te fuis. C'est plus fort que moi. Mon corps me lâche quand tu es là. Je mets des semaines à m'en remettre. Des mois à oublier que je ne t'ai encore rien dit et que le bon moment n'arrivera jamais. Quand tu m'as parlé de la chasse au trésor option secret de famille, j'ai cru défaillir. J'aurais tout envoyé valdinguer si j'avais eu le courage. Ton père me dit que c'est ma faute tout ça, que j'ai mal évalué la situation, qu'en te protégeant je t'ai mise à l'écart. Je ne crois pas. C'est fou, mais je pense que j'ai raison et que Madeline devrait la fermer. Elle a toujours mis son nez partout, cru qu'elle avait la solution à tout, que la vérité devait forcément éclater. En attendant, regarde, tu es stable, ta vie est solide, tu sais aimer et te lais-

ser aimer, alors que Salomon... C'est ironique, il erre à la recherche de réponses qu'il a alors que toi, tu ne te poses pas de questions. C'est aussi ton caractère qui m'a guidée vers cette décision. Tu as toujours pris la vie comme elle venait. Tu n'as jamais cherché à comprendre, t'accommodant du bon comme du mauvais sans gratter. Tu as souvent été ma bouffée d'oxygène et, égoïstement, te raconter ce fameux secret m'aurait ôté le réconfort que ton innocence représentait. Je ne sais pas à quoi joue Maddie, je ne connais pas ses motivations. Déterrer les morts n'a jamais servi à rien. Je prie pour qu'à notre prochaine rencontre je me sente plus sereine et libre de t'accueillir vraiment comme je l'ai fait quand tu es née, pleine d'espoirs d'une vie nouvelle.
Maman.

20

MADELINE

Rebecca pose décidément souvent les bonnes questions. Ce que j'aimerais que Nina vienne avec elle ! Mais je vous l'ai déjà dit, je radote. Une maladie de mon âge. Salomon, vous êtes juif ? Et Rebecca, alors ? La tête qu'on a tous tirée quand Nina nous a annoncé le prénom. On s'est regardés en coin puis, en observant Nina, innocente, on a conclu à une coïncidence.

—Gaël, c'était ton idée, le prénom ? a demandé Bénédicte devant le berceau en plastique, à l'hôpital.

—Non, pas spécialement. On a lu des listes et Nina a tilté sur celui-là, j'ai beaucoup aimé aussi. Je voulais un R et un A. On a hésité avec Enora. Pourquoi ?

—Pour rien, elle a dit, rassurée.

Je m'en souviens comme si c'était hier. Cela dit, à mon âge, sept ans passent presque comme une journée. Presque. C'est beau Rebecca, ça sonne fort et doux. Salomon par contre… J'ai aimé que Bénédicte et Armand choisissent Nina. Moderne, court. Pour équilibrer Salomon, c'était bien. Nina ressemble à son prénom, simple et spontané. Salomon au sien, marqué et compliqué. Nina m'a raconté qu'ils avaient bien discuté, qu'ils s'étaient rapprochés, c'est bien. J'espère que tout ce fouillis ne gâchera rien.

Pour moi aussi ça a été dur l'Argentine. Les imaginer tous loin, d'abord dans l'avion. J'ai pensé à un crash. Ça n'aurait pas été juste à mon âge d'enterrer les petits. Pas juste du tout. Y a un ordre aux choses, une chronologie à suivre. Même le bon Dieu il devrait respecter ça. Et puis, j'ai eu peur pour Nina, elle est sensible cette gosse malgré tout. Je connais la pesanteur que peut imposer Bénédicte derrière ses airs zen. Par périodes, quand elle entre dans une pièce, c'est comme si un brouillard l'accompagnait. Elle sourit, mais derrière ses dents blanches se cache une tristesse bien sombre. Elle n'a jamais voulu en parler. Elle parle à Bouddha, mais je doute qu'il lui fournisse des réponses claires. Elle dit qu'elle va bien. On ne peut pas sauver quelqu'un qui ne veut pas l'être. J'ai appris ça. À mes dépens souvent. J'en ai usé de l'énergie à tenter de secourir une femme battue, mais dès qu'elle m'échappait, elle retournait chez son bourreau. J'ai voulu aider un oncle d'André aussi. Gentil, un bon gars. Alcoolique. Avec mon mari, on a tenté par tous les moyens de le faire divorcer de la bouteille, mais rien à faire. Dix ans plus tard, il est devenu moine. Vous y croyez, vous ? Abstinent de partout. La totale. C'est un peu ce qu'a choisi Bénédicte, finalement. L'extrême spirituel. Je l'ai laissée fuir, me fuir. Et j'ai détesté ça. Je l'ai perdue, elle aussi. À la différence près que Bénédicte est presque heureuse, elle. Quand Nina me demande si tout ça vient d'elle, j'ai envie de hurler. La pauvre, être une victime collatérale et se sentir coupable… Mais ce n'est pas à moi de révéler quoi que ce soit. Du moins, pas maintenant. D'abord le secret joli. Nina est partie revigorée, je crois. Tiens on n'a pas fait revivre André, aujourd'hui. Pauvre vieux. Je vais me lover dans mon lit et, avec un peu de chance, rêver de lui. En ce moment, je dors beaucoup. La mort qui s'installe, sans doute. Je ne me fais pas d'illusions. Pas mon genre. Mon corps s'habitue au grand repos. Peut-être qu'il rattrape son retard aussi. J'ai toujours été plutôt couche-tard et lève-tôt. Dormir m'a toujours semblé une perte de temps. Mais maintenant, du temps, j'en ai. Enfin façon de parler, et je n'ai pas grand-chose pour m'occuper. Vivement que Colette revienne, pour faire un point sur notre plan diabolique de cachettes d'indices… On se marre, mais on se marre ! On imagine la tête des gosses, et je lui raconte les théories romanesques de Nina… Colette répète toujours « Mais, tu me charries, hein ? ». Non, Nina a une imagination débordante. Et l'imagination, ça sauve le monde.

Lettre non envoyée numéro 7

Chère Rebecca,
Comme tu me manques, ces discussions sans queue ni tête, ton sourire coquin, nos moments tendres aussi. Mon quotidien désormais est terne. Je le comble en faisant appel à mon soleil intérieur, mais souvent, quand je médite, je pense à toi, à vous, à nous. J'aimerais prendre ta main et partir en balade, bercées par la lumière qui, ici, change chaque matin. On monterait à cheval, on referait le monde, mais tu es si loin. T'écrire comme je le fais de temps en temps ne changera rien à cela. Mon quotidien se construit sans vous. Je me réfugie dans le manque de toi, ma chérie, je me replonge dans nos discussions, dans tes mèches folles, dans nos souvenirs.
Bénédicte.

21

NINA

Je me réveille avec la nausée. Cette nuit, j'ai réalisé quelque chose. J'aimerais prendre le temps de faire le point mais Andrea m'appelle depuis sa chambre et vous connaissez ma passion pour le câlin du matin. Quand j'arrive, Rebecca est déjà avec lui. Elle est dans son petit lit et elle lui caresse les cheveux. Je devrais me réjouir de cette entente, me dire que j'ai réussi ma vie puisque mes enfants s'aiment. Mais j'ai beau le penser, je suis avant tout jalouse. C'est MON câlin ! Le premier du matin, il est à moi ! Quand j'avoue ça à Gaël, il a peur. Pas parce qu'il réalise que, de temps en temps, je suis une gamine dans un corps d'adulte, mais parce qu'il est persuadé que j'ai envie d'un troisième. Je lui certifie que non, que notre équilibre est beau comme ça, que tout va bien. Mais il me teste, figurez-vous ! Il me montre des photos de bébés, il m'envoie des vidéos de nourrissons dont les petits grincements attendriraient Kim Jong-un… mais je résiste ! En vrai, j'en crève d'envie, mais je ne m'en sens pas capable. Pas capable d'aimer plus. Ça semble idiot, mais c'est comme pour la mémoire : on dit que c'est un muscle, que c'est illimité, mais je vois que ce n'est pas vrai. Avec l'âge, une information nouvelle a tendance à en chasser une plus ancienne. Alors, peut-être que dans le fond d'un tiroir il me reste les dates des grandes batailles, mais je n'en suis même pas sûre. Quand je vois ce que je peux débiter comme idioties en géo, je crois que la carte du monde n'a pas trouvé de place. Elle a toqué à tous les tiroirs, complets ! Et je crois que pour l'amour et l'amitié c'est pareil. Que rencontrer une nouvelle très très bonne amie nous laisse moins de temps et moins d'énergie pour une autre arrivée avant. Je me sens horrible de penser ça, mais j'en suis persuadée. On garde les souvenirs et de la tendresse pour la première, et peut-être que le schéma s'inversera un jour de son côté comme du nôtre, mais on ne peut pas avoir le cœur qui s'étend à l'infini. Et de la préoccupation aussi. Parce qu'aimer c'est s'inquiéter. Comment je ferais pour voir partir trois enfants à vélo en ayant peur de ne pas avoir bien attaché les casques, en craignant qu'ils ne se cassent une jambe ou s'ouvrent le crâne ? J'ai deux yeux, deux mains, deux enfants. Et puis, en termes d'énergie ? Oh non, merci. Je dois déjà ralentir les stimulants, vraiment. J'ai le foie qui gratte et la vésicule qui s'dilate.

On est mercredi, les enfants n'ont pas école. Je vais à la bibliothèque pour onze heures. J'ai décrété que Michèle, ma collègue, ferait ma part de boulot ce matin, elle me doit bien plus que ça d'ailleurs.

Hiérarchiquement, nous sommes au même niveau, mais je milite pour que ça change. C'est pas sérieux. J'ai reçu un courrier le mois dernier m'informant d'une restructuration. Tout de suite, j'ai pensé que j'allais être au chômage, qu'on ne pourrait plus payer les mensualités de la maison, qu'on allait manger des coquillettes et du riz, avec à peine de quoi mettre un peu de ketchup dessus, une cuillerée chacun, pas plus. Puis, j'ai repensé à l'organigramme ingénieux qu'on avait créé avec Gaël, en couleur bien sûr, et que j'avais envoyé à mon boss. Mon cœur avait failli sortir de ma poitrine quand j'avais glissé l'enveloppe dans la boîte aux lettres. J'ai eu l'impression de tuer quelqu'un de sang-froid. En l'occurrence Michèle, même si je l'ai quand même mise dans l'organigramme, je ne suis pas vache. Mais en plus petit que moi, légèrement. Ce n'est presque pas visible et néanmoins si bon. En termes de couleurs, Gaël lui a choisi un code étrange, celui de l'évincement. J'adore son travail. Pourtant, je serais nulle. Je sais, je vous l'ai déjà dit. C'était juste pour voir si vous suiviez.

J'arrive discrètement. Michèle n'a pas le temps de cacher qu'elle vient de battre son record au solitaire. Il va encore falloir que je le désinstalle de l'ordinateur. Je vous ai bien dit que je n'avais pas d'espace pour un troisième enfant. Elle fait mine de rien, sa meilleure compétence, et va trier le tas de livres qu'il reste à ranger. Je l'aurais fait en une heure, mais elle s'apprête à y passer trois heures et avec un peu de chance elle va tirer jusqu'à la fin de la journée, si on compte la pause déj à rallonge et l'appel quotidien à ses enfants. Je la vois faire, je l'entends soupirer, et j'ai toujours l'impression d'avoir donné mille livres à caler en hauteur à un nain manchot. J'ai fini par en rire, mais pas aujourd'hui. La révélation que j'ai eue le matin même me perturbe trop. J'ai hâte de fermer boutique et de parler avec Gaël, il est le seul à pouvoir m'aider à vérifier ma théorie, ou à me raisonner si je me trompe.

—Qu'est-ce que c'est que cette révélation, ma chérie ? me demande-t-il, le soir venu.

Je me sers un verre de Badoit. Besoin de bulles.

—Je crois… que mon grand-père était faillible.

—Comme tout le monde, non ?

Je ne relève pas.

—C'est que j'ai épuisé toutes les théories de Papi qui sauve le monde. Je suis allée jusqu'à Papi chirurgien clandestin je te rappelle.

Gaël se marre.

—Elle était pas mal cette théorie, j'avoue. Un établi table d'opération, des gens en danger opérés par un responsable financier d'une entreprise de boulons… se remémore-t-il.

—Tu te moques ? … Tu peux, va. Mais je suis allée au bout, au bout du bout. C'est simple, je suis à Plogoff.

— À quoi ?

— À Plogoff. Tu ne connais pas cette expression ?

— Non.

On fait un jeu avec Gaël. Un jour, il a prétendu connaître toutes les expressions françaises, toutes. J'ai ouvert un recueil et j'ai tenté de le tester, soit en donnant le début et en attendant la fin, soit en lui en demandant le sens. Et bah, il a presque tout réussi. Alors, depuis, de temps en temps, ne lui dites rien, j'en invente pour le faire bisquer. Plogoff c'est une ville à la pointe du Finistère, le bout du bout quoi.

—Ça m'étonne que tu ne connaisses pas, on dirait que j'ai gagné un point, non ?

— Mouais… Et donc, ton grand-père ?

— Bah, j'ai plus rien. J'en conclus donc que mon papi adoré n'a pas fait le bien, n'a pas aidé ces gens, et je crois que…

—Que ?

—Je crois que mon grand-père a eu cinq enfants illégitimes.

J'ai lâché la bombe.

—Je peux rire ? demande Gaël.

—Tu trouves ça drôle, vraiment ?

Il va se servir un verre de scotch.

—On va faire un truc. Tu vas oublier ça deux minutes. C'est le moment de la pause drôle, d'accord ?

—Oh, ça fait longtemps…

Je dois vous dire en quoi ça consiste. Quand on a passé une mauvaise journée, l'un de nous du moins, on se pose et on se raconte un truc marrant qui nous est arrivé. Parce que, au milieu du chaos, il y a toujours de l'humour, même une petite pointe.

—Toi d'abord, parce que moi j'ai du lourd, dit Gaël.

—Ok… Laisse-moi réfléchir… Ah oui, Michèle…

—J'aurais dû m'en douter, m'interrompt-il.

—Michèle, donc, a failli tomber de l'escabeau et je n'ai pas eu le réflexe de l'aider, j'ai juste regardé.

—Tu es horrible ! Elle aurait pu se faire mal, dit-il en se marrant.

—C'est si drôle que ça que j'aie ressenti l'envie fugace de tuer ma collègue de travail ?

—Non, juste, je ris d'avance de mon histoire. Figure-toi que ce matin j'ai reçu un appel on ne peut plus sérieux d'un homme on ne peut plus sérieux.

Je mets son récit en pause (avec la télécommande de la chaîne hi-fi, mais il comprend) et je vais me servir une mousse au chocolat et un verre de jus de goyave. Je mange rarement de dessert mais, quand je le fais, c'est à distance des repas, quand les enfants sont couchés pour la sieste ou la nuit, lorsque je suis vraiment tranquille. Quitte à faire grossir mes cuisses, autant que le moment soit reposant. Il reprend.

—François Détours.

—Qui ?

—François Détours m'a appelé. Pour un contrat en conseil couleurs. Un gros contrat il a dit, fier.

—Bravo mon cœur !

—Attends, attends… Il veut diversifier son activité, s'adapter à la clientèle, répondre aux besoins… Il m'a débité son argumentaire marketing sans respirer, comme s'il voulait me vendre sa came… J'ai mis dix minutes à comprendre où il comptait en venir… Il m'a dit que l'idée lui était venue au cours d'un atelier de vente à domicile type Tupperware. Il pensait colorer ses produits pour mieux les vendre, chacun pourrait choisir sa couleur fétiche, et bingo loto ! Il a vraiment conclu sa demande par bingo loto !

J'écoute, un peu perdue.

—Il a besoin de toi pour colorer ses Tupperwares ?

—Oh non… Il ne vend pas des Tupperwares, il fait des réunions à domicile comme les vendeurs de boîtes, mais lui, il vend… Roulements de tambour… Des protections hygiéniques pour personnes âgées… des couches, quoi.

On se regarde et on se bidonne comme jamais. Ou peut-être comme quand Rebecca est tombée dans les toilettes et qu'elle appelait à l'aide. On a ri, on l'a prise en photo, et ensuite on l'a libérée bien sûr, on n'est pas des mauvais parents !

—Coloriste de couches… Ton métier est vraiment formidable.

—Diversifié, je dirais.

—Tu as accepté ?

—Je réfléchis…

—Sur un CV, ça en jette, ne laisse pas passer l'occasion.

Je range un peu la cuisine et on va se coucher. Le lendemain, on reparle d'André infidèle qui a eu cinq enfants de cinq femmes cachées. Gaël suggère que Maddie était peut-être au courant dès le début. Il a toujours soupçonné mes grands-parents d'avoir eu une vie libre. C'est la mode de nos jours, il y a bien eu des précurseurs. Je me demande alors s'ils n'avaient pas tenu un club libertin clandestin, si les cinq hommes de la liste étaient des gogo-danseurs… À poil, Martial ! C'est l'heure de ton numéro. La discussion se conclut par un :

—Tu devrais en parler à ta grand-mère, lui exposer ta théorie de pépé queutard.

Je n'apprécie pas trop ce surnom, mais je ne dis rien. Il ne peut pas être parfait, toujours délicat, toujours viser juste. Je vais devoir passer les derniers jours de la semaine avec mon idée et attendre ma visite aux Flocons Verts pour en savoir plus. Ça me laisse grandement le temps de m'imaginer Olivier, Martial, Kamel, Francis et Georges bébés, dans les bras de leurs mamans respectives. Ce qui me perturbe le plus, honnêtement, c'est que j'entrevois la possibilité que mon grand-père n'ait pas été l'homme bien que je croyais connaître. Et ça ne me plaît pas du tout. Mais pas du tout. J'envisage soudain de tout arrêter, de cesser de déterrer le passé, de ne plus courir après un secret dont je n'ai que faire, dans le fond. Je pourrais garder en mémoire mon papi rondouillard tel que je le connaissais et basta ! Je prends un décontractant musculaire et accroche à ma face un sourire béat. On verra plus tard pour les grandes décisions.

22

MADELINE

Nina est venue. De nouveau sans les enfants. Bon sang ! Depuis quelques jours, j'ai très envie de les voir. Trop. Je le lui ai dit, elle m'a promis de les amener la prochaine fois. Bientôt. J'ai aussi envie de revoir Bénédicte, même si son coup de fil m'a flinguée. Je vous raconterai après. Pour l'instant, je dois vous avertir de la nouvelle théorie de ma Nina. André, mon André, mon mari, aurait eu cinq enfants illégitimes. Rien que ça. Et avec cinq femmes différentes ! Pourquoi faire simple ? Elle les avait même imaginés. Elle m'a ensuite dit que si André avait eu le courage de les reconnaître officiellement, ils auraient dû s'appeler Olivier Grognard, Kamel Grognard, Martial Grognard, Francis Grognard et Georges Grognard. Elle récitait ces noms comme pour me provoquer, comme pour me pousser à avouer. Elle regarde trop de policiers ; ils font ça pendant les interrogatoires. « Rien à ajouter, madame l'agent », j'ai dit. Et puis, après, j'ai décidé de la faire tourner en bourrique, juste un peu.

La mère d'Olivier était couturière, une vraie fée, c'est elle qui a cousu la plupart de mes robes. Elle me devait bien ça ; je lui prêtais gracieusement mon mari, tout de même. La mère de Kamel était archéologue, une femme brillante, on l'invitait à dîner de temps en temps, elle avait un goût…. Elle m'offrait des cadeaux somptueux et des bijoux anciens. En racontant ça, j'ai touché mon bracelet en argent acheté chez Leclerc à peine dix ans auparavant. La mère de Martial était une pauvre femme, maigre comme un clou, elle inspirait la pitié, mais c'était une reine de la calligraphie. Elle a créé nombre de cartes postales et affichettes que j'envoyais aux anniversaires. J'ai vu le regard de Nina se figer. Elle fouillait dans sa mémoire. J'ai failli m'esclaffer. Ça aurait pu partir en fou rire d'enterrement tout ça. Mon André, infidèle. Père de cinq rejetons qu'il n'aurait pas reconnus. Mais où elle allait pêcher ça ? Après un effort de concentration, j'ai repris. La mère de Francis, elle, était pâtissière, une sacrée bonne femme, elle était si douée… J'ai pris deux kilos le temps de leur liaison. C'est d'ailleurs pour ça qu'il l'a quittée. Et ensuite, il a repris contact avec la mère d'Olivier, la couturière, pour qu'elle reprenne mes robes ! Plus j'inventais, plus j'avais le fou rire au bord des lèvres. Et enfin, la mère de Georges… Oh la mère de Georges… Je faisais durer pour qu'une histoire se pointe, mais rien n'est venu. Et ce qui devait arriver arriva : j'ai ri et Nina a compris que je me payais sa tête.

—Tu as tout inventé, c'est ça ?

—Pardon, j'ai répondu en me tenant les côtes, pardon.

Elle ne m'en a pas tenu rigueur. J'ai démenti rapidement, en pesant mes mots.

—André, ton papi, n'avait pas cinq enfants illégitimes, c'était un homme fidèle. On se racontait nos désirs, on était honnêtes l'un envers l'autre et on avait une vie sexuelle très...

—Maddie ? m'a-t-elle interrompue.

—Tu ne veux pas savoir... ça ?

—Non.

—C'est idiot. La difficulté des femmes à apprivoiser leur corps vient d'un tabou. Si une mère racontait à sa fille comment faire, quelles interrogations surgissent naturellement, elle se poserait moins de questions et on gagnerait un temps fou !

—Oh, pour ça Maman a joué son rôle.

Après ça, Nina n'est pas restée longtemps. On a parlé, on a ressuscité Papi, le pauvre, on l'avait oublié la fois d'avant, et elle a récupéré son enveloppe. Avant de partir, elle m'a demandé de lui raconter ma grossesse, l'attente, l'accouchement, tout ça. J'ai fait bonne figure, mais Dieu que ça a été difficile. Puis, elle est partie. J'ai pleuré un peu. C'est que ça a fait remonter bien des choses.

Maintenant, je peux vous raconter le coup de téléphone de Bénédicte. Elle a commencé par m'incendier, comme dirait Nina. Elle tenait à savoir à quoi je jouais. En quoi consistait cette foutue chasse au trésor ? Quel était mon but, à la fin ?! Elle a crié. Avec l'âge, j'ai du mal à supporter les cris, ils se transforment en agression. Je me recroqueville et je perds mes moyens. J'ai l'impression d'être un oisillon fragile et je déteste ça. Elle m'a menacée : si je révélais quoi que ce soit sur Jean, si c'était en ça que consistait mon projet dingo, si je perdais la boule à ce point, elle viendrait. À ce moment-là, j'ai pensé que j'aimerais la voir. Je le lui ai dit, et elle est redescendue en pression. Elle a dû penser à Bouddha. Elle a balbutié un « Maman, je… » sans savoir quoi ajouter.

Oh, elle n'a pas eu besoin de finir sa phrase, j'avais compris. Puis, elle s'est considérablement radoucie, m'a donné des nouvelles, mais n'en a pas pris. Qu'est-ce qu'elle ferait d'une annonce de maladie pulmonaire à l'autre bout du monde ? Je n'ai rien dit, ça ne la regarde pas. Ce qui m'arrive ne la regarde plus. C'est d'un plombant.

Mon André n'a pas eu cinq enfants illégitimes, mais un enfant caché, si. Un caché, enfoui, enterré même. Jean. Notre petit. Notre premier amour en commun. Jean, ce petit garçon discret, mais très drôle. Ce qu'il nous a rendu heureux ! Et malheureux aussi. Je transpire le malheur depuis, je me parfume aux bons moments, mais moi j'en sens encore l'odeur. Ça ne finira jamais de sortir de moi. Je pensais pourtant. Avec André, on a tout essayé. Peut-être que Bénédicte a eu raison de choisir un univers parallèle. Mais je préfère la réalité, même brute. Quand son frère est mort, Bénédicte est devenue une autre personne. Pas du jour au lendemain, non. D'abord, il y a eu le silence puis, quelques mois plus tard, le murmure de la méditation. Nous, on survivait. Armand, son mari, s'occupait d'elle pendant qu'on tentait de remplir de nouveau notre coquille. On a eu l'impression de vivre l'enfer. On ne devrait jamais perdre un enfant, ça ne devrait simplement pas arriver. L'être humain n'a pas les ressources psychologiques nécessaires pour supporter ça. Il les trouve, il les crée, mais il ne les a pas et ce qu'il construit ensuite n'est qu'un maudit château de cartes. Quand j'y repense... Jean a été un adolescent si facile. Toujours dans les livres. Il en avait systématiquement un devant les yeux ou à la main. Rapidement, il s'est passionné pour la philo. Les copains, les sorties, les filles, ça ne l'intéressait pas plus que ça. Son truc, c'était de tester les théories philosophiques, de lire de la poésie et d'écrire des essais. Il passait donc le plus clair de son temps à la maison. À 16 h, on se retrouvait à la cuisine, il me lisait Gide et Baudelaire, j'écoutais autant les mots que sa voix, que j'aimais tant. Il avait une voix à adoucir les mauvaises nouvelles. J'aurais aimé que ce soit lui qui m'annonce leurs morts. Je sais, c'est idiot. À 16 h donc, tous les jours, on se retrouvait, il lisait et je faisais des crêpes ou des gâteaux. Tous les jours, à 16 h, j'ai le manque de lui. Et quand je loupe l'heure, même d'une minute ou deux, j'ai honte. Quand André était encore là, on collait nos fronts en silence une minute, on se souriait et on prenait le goûter. À la fin, il ne savait plus pourquoi on le faisait, mais il aimait bien ça. Il avait réussi à réaliser son souhait : « oublier et l'oublier ». Je trouvais ça terrible, mais je respectais sa façon de formuler son mal. Moi, je ne voulais rien abandonner, au contraire. Je me répétais les souvenirs avec mon fils jusqu'à en être saoule. Je ne voulais perdre aucun des mots que j'avais entendus de lui. Je lis Gide avec sa voix dans ma tête même si, avec les années, mon souvenir de son timbre doit être bien faussé. Je ne lis pas Baudelaire par contre. Plus jamais.

Baudelaire a tué mon fils.

Je sais que ça paraît être la plus stupide des accusations, et pourtant. Jean est arrivé à la Sorbonne, plein d'ambitions intellectuelles. Il étudiait beaucoup. Il me manquait tant, mais il fallait que l'oiseau s'envole un jour. Il était heureux, je l'étais donc. En mai 68, tout son quotidien a été chamboulé, et pas que le sien. Il passait de plus en plus de temps dans le café en face de la fac. Seul avec ses livres, la plupart du temps. C'est là qu'il a rencontré Rebecca, une Arménienne juive qui venait d'arriver à Paris avec des rêves plein la tête, et qui était serveuse pour pouvoir les réaliser. Poussé par une dynamique d'amour et de rébellion, Jean a abandonné les études et a invité sa douce, que l'on aimait beaucoup d'ailleurs avec André, à vivre en Charente. Ils ont acheté, avec notre aide, une maison à Cognac. À cette époque, on est beaucoup allés les voir. Bénédicte aussi. Elle vouait un culte à son grand frère. Un amour aveugle. Même s'il disait la pire ânerie, elle allait dans son sens, quitte à débiter des arguments ridicules. Gamine, elle voulait se marier avec lui. Elle jurait que c'était possible, que peu lui importait la loi, leur amour serait plus fort ! Heureusement, ça lui est passé et elle a accueilli Rebecca comme une sœur. J'aurais dû figer le temps à cette période. Mes enfants heureux, vivants. L'ambiance à table, pendant les barbecues au bord de la Charente, les discussions animées, les gestes tendres, amoureux, familiaux… Je n'ai jamais été aussi fière de ma vie. Je me sentais surhumaine d'avoir choisi un mari aimant, d'avoir construit une famille saine dans laquelle, malgré quelques mésententes ponctuelles, la sérénité et l'amour régnaient. Et puis, quelqu'un a mis un énorme coup de pied dans ma joyeuse fourmilière. Je vous passe la violence de l'appel. De la sonnerie qui ressemble à toutes les autres, mais qui coupe le fil de votre vie. Jean et Rebecca ont fait une overdose. Jean, qui vivotait en rédigeant des essais philosophiques, s'était lancé quelques mois plus tôt dans l'étude de l'œuvre complète de Charles, comme il l'appelait. Il s'était immergé dans la vie de Baudelaire, s'habillant comme son idole, apprenant par cœur des dizaines de poèmes, les récitant non-stop pour en trouver le sens caché. Ça lui prenait tout son temps. Je m'en veux de ne pas avoir vu que ça tournait à l'obsession. Avec Rebecca, ils ont tellement voulu entrer dans le personnage avec lequel ils vivaient, bon gré mal gré, qu'ils ont acheté de l'opium. Pour se mettre en situation, sans doute. L'analyse toxicologique de leurs deux corps a révélé un excès d'opiacé, mais pas une consommation régulière. Une dose trop importante en une seule prise. Leur respiration a ralenti, à cause du choc, et leur cœur s'est arrêté. Avec le recul des années, je me dis que mon fils a au moins eu une mort poétique. Son corps n'était pas abîmé. Je sais que ça ne devrait pas compter, mais ça a été important pour moi. Qu'il soit enterré comme il avait vécu. Rebecca était même encore plus belle qu'avant. Ça fait partie de ce qui m'a choquée quand on est arrivés sur les lieux avec André. Rebecca était décédée en souriant. Jean, lui, semblait avoir lutté, il était à terre. Il aurait rampé, selon les policiers, sans doute vers le téléphone. En vain. La mort remontait au milieu de la nuit. L'alerte avait été donnée le matin. À quatorze heures à peine, nous étions sur place avec André. Ce 22 juin 1977, à 16 h, il n'y a pas eu de goûter.

23

NINA

—On doit aller où ? me demande Gaël.

—Au parc de la Tête d'Or !

Il soupire de soulagement. Il a accepté le contrat de couches en couleur, ça le fait marrer, mais François Détours le harcèle. Il pose des questions idiotes, dont une dont je ne me remettrai jamais : « Mes petits vieux vont-ils avoir le cul coloré ? Avec l'urine, est-ce que la couleur peut se transférer sur leur derrière ? Parce que leur peau est fragile, vous comprenez. Monsieur Gervaz, auriez-vous la gentillesse d'essayer avant ? Je vous fais livrer un carton de couches ! Avec plaisir même. » Gaël me récite ce passage de leur dernière entrevue tous les soirs. Ça enchante ma fin de journée. J'ai raconté tout ça à Michèle, qui n'a pas ri. Elle a même dit : « On ne se moque pas de la misère des personnes âgées ». Je pense qu'elle se sent déjà concernée.

—Et où, à la Tête d'Or ?

—On a tout un périple. D'abord, elle nous a réservé un resto et a même choisi le menu pour chacun d'entre nous.

—Quoi ?

Je fais semblant de lire.

—C'est un restaurant qui ne cuisine que deux produits tiens, c'est marrant.

—Ça dépend, me répond-il, méfiant.

—Oh, c'est assez classique, ne t'inquiète pas... Le chou et la betterave.

Gaël mime un vomi spontané. J'y suis peut-être allée trop fort en choisissant ce qu'il déteste le plus au monde.

—Macaron chocolat betterave ? C'est osé, j'ajoute.

Il m'arrache le programme des mains. Solution radicale, mais efficace.

—Tu exagères !

—Je sais, mais c'est, entre autres, pour ça que tu m'aimes...

Il étudie le vrai programme et, à onze heures, nous sommes fin prêts.

—Pile dans le timing !

—Vive Maddie ! crient les enfants, en chœur.

Je ne suis pas si convaincue. Contrairement aux samedis précédents, je ne ressens ni flemme ni adrénaline, mais de la peur. J'ai peur que mes fondements soient ébranlés. Je me sens comme une enfant qui pressent que le père Noël n'existe pas, qui est tiraillée entre l'envie d'y croire et l'impression que ses parents ne sont que des menteurs. Ça m'a fait ça. À six ans, j'ai réalisé que Bénédicte et Armand, mes chers parents irréprochables, mes géniteurs sincères et honnêtes, s'étaient joué de moi, avaient ficelé un mensonge qu'ils m'avaient fait gober pendant des années, plusieurs mois par an, juste pour faire comme tout le monde. Comme si je n'étais pas capable de ne rien dire aux autres enfants. Par la suite, je me suis méfiée d'eux, puis c'est passé. Enfin, je crois.

—Qu'est-ce qu'on va découvrir cette fois ? demande Gaël.

—Et où ? La Tête d'Or c'est juste immense, j'ajoute, un peu dépitée.

—On va faire le tour du parc, on va faire le tour du parc !!

Les petites voix résonnent et les pieds aux fins mollets battent sur le plastique des sièges auto. L'impatience est communicative.

—Pour commencer, resto ! Et offert par mamie Maddie !

—Et un resto où ne mange qu'un ingrédient, de l'entrée au dessert, ajoute Gaël.

—Et c'est quoi ? demande Rebecca.

—Du socolat ? tente Andrea.

—Non ! Mieux encore…

—De la pâte d'amande, dit la grande.

—Non ! Des épinards… balance Gaël.

Les petits boudent. Il se marre.

—Il faut bien que je me venge sur quelqu'un, me dit-il, souriant.

Face au menu, les enfants encore renfrognés se réjouissent tout à coup. C'est un resto de viande argentine. Un régal. Tiens, Maddie a ajouté un petit mot à ce sujet. Je dois le lire à 12 h 02. Pas autoritaire, la vieille.

« Les avantages sans les inconvénients... la viande argentine sans ta mère ! »

Je me dis qu'elle exagère, puis qu'elle a raison. Croquer dans un cœur de filet de bœuf sans tension me remplit de joie. On prend des forces et des calories, on peut désormais affronter le froid de janvier au parc. Le programme est très clair et on le suit à la lettre, ça fait du bien de ne rien décider de temps à autre. On doit visiter les serres et s'extasier. Et on s'extasie. Comme si Maddie pouvait nous voir et nous réprimander si on n'était pas assez heureux devant les plantes tropicales. Mais elle n'a pas eu tort de nous imposer ça : en se forçant à sourire, on finit par le faire naturellement. Bénédicte dit que si on associe un moment de bonheur à un geste, et qu'ensuite on répète ce geste, on ordonne à notre cerveau d'être heureux. C'est pour ça que dès que les discussions l'importunent elle se touche le bout du nez, avec l'index elle fait des cercles et se concentre pour entrer en communication directe avec l'intérieur de sa boîte crânienne. Je ne sais pas si ça la détend vraiment, mais en tout cas ça nous fait rire. La serre est magnifique. Le reste du parc est en hivernage, forcément, mais ça a du charme aussi.

Les enfants doivent jouer au ballon pendant quarante-deux minutes. *Précise Maddie*, je pense, *voire légèrement commandante.* Subitement, je dévie quelques minutes dans un délire idiot, mon grand-père était-il un dictateur ? Je n'en dis rien à Gaël, qui se moquerait de moi et qui a la décence de ne pas m'interroger sur mon air soucieux du moment. Après le ballon, on doit marcher dans une direction précise et rejoindre les éléphants. Ils sont dans un sale état. Fripés. Ils se traînent.

—Sont beaux, dit Andrea les yeux pleins d'amour. Regardez on dirait… Papa et Maman !

Rebecca pouffe de rire. Avec Gaël, on ne sait pas trop quoi dire. Andrea n'attend pas de réponse, il fait le tour de l'enclos et observe les grandes bêtes jolies. Une fois l'observation des éléphants terminée, on doit prendre le petit train du parc, celui qui mène à l'arrière, vers l'étang, là où on ne va presque jamais. *Prenons donc le petit train.* Même les tickets sont dans l'enveloppe. Avec un papier rouge estampillé secret défense. Un faux, mais bien fait ! Au bout d'environ sept minutes de promenade, on doit regarder un arbre sur la droite, ceux qui l'entourent sont décrits avec beaucoup de détails (dont un entouré d'un bandeau rouge, ça aide). Au pied de cet arbre, il nous faut creuser un peu. Une cuillère à soupe se trouve dans l'enveloppe. Je me tape le front.

—Arrête, tu vas finir par t'aplatir le crâne….

Gaël se moque. Bien sûr, on ne peut pas descendre du train en marche. On doit donc finir le parcours puis remonter à pied le long des rails pour retrouver l'arbre magique. En marchant, j'imagine avec Rebecca qu'une sorte de passage secret va s'ouvrir. Que si on creuse assez avec la cuillère, une trappe va apparaître, qu'on va sauter dans un espace interdimensionnel et arriver dans le monde d'Harry Potter. Que plein de sorciers vont nous accueillir et qu'on va découvrir que chacun de nous a un pouvoir magique. Rebecca choisit de pouvoir lire dans les pensées. Curieuse comme elle est. Elle dit qu'Andrea serait capable de déceler les émotions négatives et de les transformer en joie. Gaël serait une sorte d'homme invisible et pour moi… elle flanche. Sympa ! Moi, je choisis la téléportation. D'ailleurs, je vous laisse, on vient de me servir un cocktail sur mon transat dans les Caraïbes.

—Maman ?

—Oui ma douce ?

—Et si papi André avait eu un pouvoir ?

—Comment ça ? Pour de faux, tu veux dire ? Quel pouvoir on lui donnerait ?

Et je me mets à réfléchir, mais Rebecca m'interrompt.

—Non, si le secret de famille c'était que Papi avait un pouvoir, genre un voyant, comme celui que tu es allée voir une fois.

Ah oui, je vous raconterai peut-être mon expérience chez le voyant, conseillé par une amie. Toute une aventure ! Je n'ai pas le temps de répondre à la question de ma fille, on vient d'atteindre l'arbre magique. Gaël creuse, personne n'osait alors il a attrapé la cuillère. Ça lui prend quelques secondes pour déterrer le nouvel indice. Pas de baguette magique, pas de poignée de porte pour un voyage dans le temps, pas de pièce d'or venant d'un trésor d'un bateau échoué. Mais un string en bonbons.

24

—Je ne te remercie pas.

—Bonjour Maddie de l'amour, je suis heureuse de te voir.

Je bougonne.

—Je suis heureuse de te voir évidemment. Je le serai toujours, mais là… je suis colère !

—Tant que ça ?

Elle minaude. C'est quasiment imperceptible, mais elle minaude bien.

—Tu n'as pas aimé mon cadeau ?

—À vrai dire, je n'avais pas prévu d'expliquer aux enfants l'usage du string en bonbons. Maman pourquoi on mangerait une culotte ? Mais, on la mange quand ? On la porte avant ?

Madeline se gondole et en pleure.

—Arrête, tu vas me tuer ! dit-elle.

Elle reprend son souffle.

—Et les petits, tu n'avais pas promis de les amener ?

—Ils sont dans la voiture, ils arrivent.

Tout à coup, elle s'active.

—C'est que je t'ai vue remonter l'allée seule alors j'ai tout rangé.

Je l'observe s'affairer. Elle sort des boîtes emballées, des sachets en tricot et des cartes postales.

—Avant qu'ils débarquent, je veux te demander quelque chose, je déclare.

—Fais donc, mon enfant, fais donc.

Elle sourit, elle a l'air de planer. A-t-elle, elle aussi, une boîte secrète de Mentos ?

—D'abord, est-ce que tu te moques de moi ?

Elle laisse en plan le joli gilet qu'elle pliait soigneusement.

—Comment ça ?

—Est-ce qu'il y a un secret de famille au bout de cette quête ou est-ce que tu nous balades, Maddie ?

—Non, non, il y a bien un secret de famille. Et tu le trouveras à temps.

—Comment ça, à temps ?

—Façon de parler, me répond-elle, façon de parler.

Et elle se plonge de nouveau dans le pliage minutieux du joli gilet. Je reprends.

—Et, seconde question : est-ce que Papi était mac ?

Elle fait tomber le gilet.

—Eh merde ! lâche-t-elle.

Elle s'assied sur son lit, une fesse seulement. Je la regarde avec insistance.

—S'asseoir c'est mourir un peu tu sais, dit-elle en montrant sa fesse en équilibre.

—Je sais.

—Nina, ton grand-père n'était pas mac, il n'a jamais forcé qui que ce soit à la prostitution et n'a jamais fait partie de la mafia italienne, ou russe, ou de quelque mafia que ce soit d'ailleurs. Tu as de ces idées !

Je n'avais pas pensé à la mafia, je m'en veux. Ça aurait été une bonne théorie. Quand je lis des romans policiers, j'ai toujours l'impression d'être plus forte que l'enquêteur. J'étais persuadée que c'était une reconversion possible pour moi, et ça me faisait du bien de croire que je serais bonne dans un autre domaine. Mais avec cette chasse au trésor, je fais face à un mur : le mur de ma désillusion. Nina Gervaz ne sera pas enquêtrice. Et, en plus, je trouve ça fatigant. C'est vrai, ça me prend des cases alors que ça ne devrait pas. Quand je lis un manuscrit ou que je me promène dans la rue, je me dis qu'un détail pourrait me donner la solution, et quand je tourne les pages des histoires pour enfants je me surprends à penser « *Mais bien sûr !* ». J'imagine ce que ça doit être pareil quand on enquête sur un meurtre. Oppressant le truc.

Les enfants débarquent en un souffle chaud de cris. Je vois Maddie heureuse. Ils la font presque tomber en lui sautant dessus.

—Doucement, je dis, peu convaincue.

Elle leur offre tous les cadeaux. Rebecca déballe en silence. Andrea crie de joie devant chaque emballage, mais Rebecca semble soucieuse. Je profite de la balade familiale dans le parc de la résidence pour la prendre discrètement à part.

—Ça va, ma chérie ?

Je lui caresse l'épaule.

—Oui… Oui.

—Quelque chose te préoccupe ?

—Oui… Oui.

Elle me tend une enveloppe.

—Maddie me l'a donnée. Et si… et s'il y avait le secret à l'intérieur ?

On l'ouvre, et ce n'est rien qu'une lettre d'amour d'une arrière-grand-mère. Quelques anecdotes et des conseils de vie. Je pense alors que je n'ai aucune trace de mes arrière-grands-parents. Pas même un souvenir. Je sais par Madeline que sa mère était très sérieuse et son père drôle et tête en l'air. En témoigne son prénom à elle : Madeline n'est autre que la version avec erreur de Madeleine. Son père s'est simplement trompé. Mais une fois que l'état civil a validé, il faut entamer des démarches sans fin… et le père en a tellement ri qu'il a fini par être fier de sa sottise. Madeline n'a donc jamais eu le même prénom que ses copines de classe et s'est forgé une personnalité assez solide pour pallier les moqueries.

—Maddie, lui demande Rebecca, c'est quoi l'indice du parc ? Une culotte en bonbons… ça sert à quoi ?

Maddie m'interroge du regard.

—Tu te débrouilles sur ce coup-là, Mamie !

Elle me fait sa moue boudeuse puis se lance.

—D'accord, répond-elle. Alors, ma chérie je vais t'expliquer : c'est d'abord pour faire joli, mais tu dois savoir que le corps est constitué de zones érogènes…

Gaël manque de s'étouffer avec sa frousse et arrête la catastrophe qui s'annonce. Maddie rigole et conclut :

—C'est Nina qui m'a dit de me débrouiller…

On s'assied sur un banc, enfin les adultes parce que les enfants gravitent autour de nous comme des mouches affamées. L'heure du goûter.

—Il est 16 h, crie Rebecca, 16 h pile !

Madeline se recroqueville un peu. Je m'inquiète.

—Ça va ?

—Oui, oui, c'est que… j'ai faim.

Elle a maigri. J'imaginais qu'elle manquait d'appétit, mais elle participe activement à l'extinction du paquet de BN. Puis, on fait revivre papi André. Maddie raconte comment le chocolat noir a eu une grande importance dans la vie de son mari. Elle raconte le gâteau de leur mariage, elle nous explique comment elle désamorçait une dispute : quelques bouchées à la ganache noire et André redevenait doux comme un agneau. Elle conte leur voyage de noces, les tablettes de chocolat mexicain au goût incomparable, elle explique aux enfants leur visite du musée du cacao en Guadeloupe, les phrases toutes faites de Papi sur le chocolat. C'est beau. Je verse ma larme. Depuis cette quête, mon papi me manque un peu plus. Il a commencé à me manquer quand son esprit a quitté son corps. Mais il y avait un contact, une connivence, une nouvelle relation à créer à chaque fois, il était encore là. Il était encore un fil attaché à mon enfance, à une partie très heureuse que je rêverais de pouvoir revivre. Quand il est mort, quelque chose s'est éteint en moi. Oh, une seule des centaines d'étincelles de mon feu de joie de vivre, pas toutes bien sûr. Et puis Madeline a dû quitter la maison familiale, la maison des cabanes, la maison des questions que je n'osais poser qu'à mes grands-parents, la maison des cachettes, la maison du grenier aux merveilles, celle des frites assaisonnées d'amour et celle des tartes à tout de Maddie. La maison des histoires à n'en plus finir. À dire vrai, la maison de mon bonheur. Bien sûr je savais que ma grand-mère ne pouvait plus l'assumer toute seule, et je n'avais pas vraiment le temps de l'aider. Je construisais ma carrière et ma famille. Le concours pour être bibliothécaire est difficile, et j'ai dû étudier sérieusement. Vendre était la meilleure chose à faire, notamment pour payer la maison de retraite. C'est dingue ce que ça peut coûter ! Et les Flocons Verts est un hospice de riches. De favorisés, dit Maddie. Quand elle m'en a parlé, quand elle m'a montré la grille de tarifs, je me suis dit qu'elle mangerait des repas de chefs étoilés avec des couverts en argent. Que nenni, ai-je constaté plus tard. La nourriture est correcte, mais pas succulente. Ça doit être fait exprès pour habituer au goût de la terre. Mais le parc est vraiment magnifique. On en fait d'ailleurs un tour complet avec les enfants.

—Une sacrée promenade ! dit Madeline, de retour à sa chambre. J'suis épuisée. Faudrait pas vieillir ! Allez, je vous donne votre enveloppe et vous déguerpissez de là !

On sourit.

—Et arrêtez de sourire comme des benêts, c'est pas un chèque pour Noël, hein !

—Encore un programme déjanté, Maddie ? demande Gaël.

—Tu ne crois pas si bien dire, mon petit.

—Mon petit, pouffe Rebecca.

Je n'ouvre l'enveloppe ni aux Flocons Verts ni dans la voiture, malgré l'insistance de ma fille. En arrivant à la maison, je la pose sur le courrier de la veille que je viens de récupérer. Ma box lingerie. Je deviens toute rouge et je cache le présent déplacé dans mon tiroir à sous-vêtements, coupable d'un crime que je n'ai pas commis. Le soir, après ma douche, j'enfile une culotte 100 % coton et une brassière de sport, puis je me demande pendant une minute si c'est mon grand-père qui, depuis l'au-delà, me fait livrer des culottes aguicheuses. Je vais devenir dingue !

25

MADELINE

—J'ai été arrêtée par le gardien, dit Colette, encore toute chamboulée.

Elle a à peine dénoué son foulard. Elle quitte son manteau en moumoute.

—Tu me charries ?

Je suis persuadée qu'elle plaisante. Une fois, elle a reçu un objet fragile dans un carton. Autour de son vase quelconque, des poches d'air, pour le protéger. Elle a réemballé une des poches et m'a fait croire qu'elle avait commandé de l'oxygène d'Espagne pour me rappeler nos vacances. Que c'était la nouvelle mode. Idiote comme j'étais, j'ai préparé un joli apéro, sangria, chorizo et tapas, et j'ai placé le fameux sac au milieu de la table. On a trinqué. André avait un sacré doute, mais n'a rien dit. Le mari de Colette, notre bon Roland, paix à son âme à lui aussi, était dans le coup. J'ai percé en un geste solennel la poche d'air d'usine et suis passée pour une cruche. À charge de revanche Colette, à charge de revanche ! Et c'est pour ça, pour cette humiliation d'il y a bien trente ans, pour cette atteinte à mon intelligence, qu'elle se trouve embarquée dans ma chasse au trésor. Depuis le début, elle place les indices. Elle a apparemment profité d'un formidable dîner à Mâcon et d'une balade agitée au parc.

—Et tu lui as dit quoi, au gardien ? je lui demande.

À cet instant, j'aimerais avoir un bol de popcorn.

—Tu me connais… Je lui ai tout raconté, que tu allais mourir dans la semaine…

—Oh, bah sympa, hé !

—Si tu m'interromps, je m'en vais et tu placeras tes indices toute seule !

Colette a toujours été extrêmement susceptible.

—La poche d'air Colette, la poche d'air.

—Bon, bon, d'accord. Donc tu allais mourir bientôt. Il fallait bien l'attendrir le Gontran, gardien zélé d'un parc immense. Je l'ai félicité pour le travail qu'il faisait, il fallait être drôlement courageux pour assumer tant de responsabilités… bla bla bla. Plus je le baratinais, plus il gonflait le torse. On aurait dit un de ces macaques en cage.

—Tu es…

—Vilaine ? me demande-t-elle en remettant ses cheveux longs en place. Oui, un tantinet. Et il m'a demandé pourquoi j'avais les mains pleines de terre. Il ne m'avait pas vu enterrer mon string, heureusement. Sinon, j'aurais fini au poste ou pire, à l'asile ! Imagine le titre dans le Progrès, toi ! Une vieille femme a enterré son string dans le parc de la Tête d'Or. Elle a été prise en flagrant délit, on l'a aussitôt conduite à la clinique de repos psychiatrique la plus proche. Cela soulève la question de la prise en charge de nos aînés.

—Abrège Nadège !

—T'as un train à prendre ? Tu vas en Espagne capturer de l'air ?

—Colette !

—Bon, bon…

—Donc, je lui ai fait croire que je cherchais des truffes.

Déterrer des truffes sous un églantier en plein hiver !

—Il a gobé ça ?

—Oui ! Il m'a tenu la jambe pendant un quart d'heure pour m'expliquer où on trouvait le champignon magique et comment… Un passionné ! C'était bien ma veine… Mais j'te l'ai amadoué le Gontran ! Il m'a même raccompagnée, figure-toi.

Et elle caresse son épaule d'un geste vif, de l'intérieur vers l'extérieur, comme pour se féliciter.

—Je te remercie d'avoir mis en danger ta liberté physique et mentale pour moi Colette.

—Je t'en prie. Tu sais, ça met un peu de piquant dans ma vie, ton histoire. J'ai pensé à faire de même avec mon fils, mais j'ai beau réfléchir je n'ai pas de secret à révéler. Je pourrais en inventer un… Un ancêtre nazi ? Ça le ferait cogiter ça, de se dire qu'il est arrière-petit-fils d'un tordu…

—Tu es cruelle !

—Un peu ?

Tout à coup, je suis fauchée par une quinte de toux. Je déteste quand ça arrive pendant une visite. Je n'ai jamais aimé inquiéter les autres. J'ai eu de la chance il y a trois jours, quand les petits sont venus, j'étais plutôt en forme. Le docteur a accepté de me donner un peu de cortisone, exceptionnellement. Il est bien, il a entendu mes arguments. Depuis, je me sens raplapla, il paraît que c'est normal. La descente, on appelle ça.

—Tu... tu vas bien Maddounette ? se préoccupe Colette.

—Oh, ce surnom...

—Quand je serai morte, il te manquera !

—Je suis désolée mais, sur ce coup-là, je vais te coiffer au poteau.

—Dis pas ça.

Elle se lève et se colle à la fenêtre. Elle observe la nature autour de nous puis revient.

—Quand on sera mortes, le monde continuera de tourner, se lamente-t-elle.

—Je sais et... tant mieux, non ?

—Peut-être. Égoïstement, une petite voix me répète « après moi, le déluge ! »

—Tu es bête !

—Merci.

Je reprends totalement mon souffle et je continue.

—On doit accélérer la chasse au trésor.

—Ah... Soldat, à son poste !

Elle fait un salut militaire.

—Mes prises de sang sont très mauvaises.

Elle retient un élan de tendresse physique. Si elle m'avait touchée, je me serais écroulée. On modifie nos plans, on raccourcit le tout, et elle part. Me pencher sur un projet, écrire, raturer et planifier des actions me fait du bien. J'ai l'impression de mettre de nouveau en place des programmes commerciaux pour Aubade. Avant de partir, Colette me glisse :

—Si la prochaine fois, tu n'es plus là, je voudrais que tu passes le bonjour pour moi à André et à Roland, dis-leur que j'arrive bientôt. Je ne compte pas faire de trop vieux os sans vous tous.

—Je… je n'y manquerai pas.

Lettre non envoyée numéro 8

Nina,

Comme j'ai honte. Je suis en France et je ne t'ai pas appelée. Ne m'en veux pas, c'est compliqué pour moi. Je ne sais pas où tu en es de ta quête de la vérité et où te mèneront les personnages cités par Mamie. Je repars demain matin à 8 h d'Orly, je dois me lever à 4 h. Ça n'a pas l'air, mais c'est paumé ici. En fait si, ça a l'air. Tout est réuni pour que je me sente bien : l'air de la campagne, l'odeur de la terre, une vie culturelle riche et des bâtiments magnifiques. Comme la maison, raison pour laquelle je dois rentrer de temps à autre. Je devrais vendre, mais je n'y arrive pas. En attendant, je loue. À un vieux monsieur sympa qui y vit avec ses enfants et ses petits-enfants. Je devais faire un point avec lui sur les rénovations à effectuer. Quand j'ai des décisions à prendre, comme celles de cette semaine, je rêve que tu m'épaules. Mais ce n'est pas un rôle que l'on t'a donné, petite Nina. La protégée. Je t'ai détestée

pour ça, injustement, et je me suis détesté aussi. Les mots auraient dû fuser malgré l'interdiction de les prononcer. Mais on l'a tous fermée sans broncher. Je ne sais pas qui est condamnable, peut-être que la culpabilité partagée annule toute responsabilité. Peut-être qu'un jour, on en rira. Ils disent ça dans les films. Je ne suis même pas allé voir Mamie. La prochaine fois, je te promets de vous rendre visite.
Salomon.

26

NINA

La direction nous a convoquées au siège, Michèle et moi. On prend le tramway ensemble. Une fois arrivées à Part Dieu, j'informe Michèle que je dois absolument déjeuner avec Gaël ; un projet immobilier au Portugal à régler. C'est si bon de me projeter dans l'achat d'un appartement vue mer en Algarve. Je liste mentalement mes critères, le sol surtout, je rêve d'un beau carrelage… Il faudrait peut-être que je parle de tout ça à Gaël. Tout de même. En réalité, je ne déjeune pas avec lui, je vais me chercher un Big Mac. Je déteste ça, mais je sais que Michèle n'ira jamais chez MacDo, c'est un de ses grands principes de vie. Je mange mon burger infâme et vais voir un film. J'ai le temps : la grande réunion a lieu à 14 h 30. Je réussis même à m'acheter un petit pull en coton au Comptoir. En payant, je pense que je devrais faire un peu attention, maintenant qu'on s'apprête à acheter un appartement au Portugal.

Mon cerveau me joue des tours, je vous jure. Sur le coup, ça me fait marrer.

Ce qui me met encore plus en joie, c'est l'impatience de Michèle pendant la réunion, persuadée de devenir ensuite calife à la place du calife et qui reçoit, pour toute récompense, un avertissement avant sanction. En effet, une naïve vérification du système informatique a révélé sa passion pour le solitaire. Ce qui ne colle pas avec ses nombreux courriers de plainte quant à la quantité inhumaine de livres à répertorier, classer et ranger. Bien sûr, elle n'a pas parlé des livres à lire, ça ne lui viendrait même pas à l'esprit de les feuilleter. Le conseil de lecture aux clients, tout ça... On lui propose de passer à un 60 %, puisque c'est ce qu'elle fournit comme effort au vu du volume horaire des solitaires. Elle est au bord des larmes. Il faut dire que c'est humiliant. D'autant qu'elle s'est habillée comme si elle allait recevoir la promotion de sa vie. Heureusement, elle peut encore rendre son tailleur neuf au magasin ; on devine l'étiquette rigide sous le tissu. Puis, ils passent à mon cas.

—Madame Gervaz maintenant, annonce la DRH.

Michèle reprend un peu du poil de la bête. C'est à mon tour de me faire sermonner. Je n'en mène pas large mais je résiste à l'envie de gober un Mentos.

—Vous fournissez un travail de qualité. Une enquête mystère a révélé que vous étiez à même de conseiller les gens sur les nouveautés. Votre proposition de nouveau mode de classement a été acceptée et nous vous en félicitons. En tant que bibliothèque privée, nous devons fournir un service irréprochable et vous nous avez prouvé qu'il était judicieux d'investir dans votre antenne.

Je suis à peine présente. Je plane au-dessus de cette dame, j'entends deux ou trois de ses grands mots, je capte « proposition acceptée » puis « antenne » et je pense à E.T. Je ne sais pas trop pourquoi. On le regardera ce week-end avec les gosses. Un bruit de claquement de porte me remet dans les rails. Michèle vient de partir ?

—Nous aimerions connaître votre futur projet professionnel. Comptez-vous rester parmi nous ?

—Quitter Livres & Co ? Jamais !

La DRH se retient de rire devant une sentence aussi catégorique.

—Alors, je vous propose de vous nommer responsable de site, pour commencer.

—Pour commencer, ça ira. Non… je veux dire…

—Non ?

—Non, je veux dire que oui ça ira, pour commencer et pour finir même. Ça ira… très bien.

Je visualise Gaël et son signe des ciseaux qui coupent symboliquement mon hémorragie verbale.

—D'accord. Nous pensons qu'il serait également intéressant d'intégrer à l'équipe une assistante développement pour vous épauler. Seriez-vous à même d'opérer un recrutement rapide, mais de qualité ?

—À même ! je dis, fière.

—Alors, l'affaire est dans le sac !

La DRH s'excuse immédiatement de cet accès d'enthousiasme, le mien semble contagieux. Quand je rentre, les enfants ont décoré la maison et répété la danse des bougies. C'est fanions et compagnie ! Ça ne rigole pas. Ils m'applaudissent, ils m'encensent (au sens strict du terme, Rebecca étant dans sa période encens). Maman a eu une promotion ! Michèle, elle, se met en arrêt maladie, mais je m'en fiche, je suis heureuse. Si heureuse. Je n'en dors plus. J'ai hâte de recevoir mon avenant. Hâte d'y lire mon nouveau titre. À la signature, on refera une fête ? Je suis tout de même un peu angoissée. J'entends la voix de ma mère « Tant que tu n'as rien signé… rien n'est fait. On a vu des ventes d'empires presque pliées s'annuler pour un plat trop salé ». Je n'ai jamais trop compris le rapport entre le business et l'assaisonnement, mais il doit y avoir un fond de vérité. Avec tout ça, on a presque oublié la chasse au trésor, le secret de famille et même mon grand-père. Pour me faire pardonner, un soir, je vais au cimetière après le travail et je lui raconte tout. Concernant le secret, il ne dit rien. Muet comme une tombe. Oui, l'image est facile. Mais vraie. Le vendredi, on annule l'invitation à dîner lancée à Jérôme, le graphiste. On a un programme on ne peut plus important. Regarder E.T. Je me le suis promis à moi-même pendant la réunion, et trahir ses propres promesses, c'est moche. Pour être honnête, je crois que Jérôme me fait un peu peur. Je ne sais pas, un truc en lui me dérange. J'ai lancé deux ou trois fois Gaël sur le sujet, mais il le clôt illico. C'est un mec très bien, on l'invitera plus tard, c'est pas un souci. On adore le film. J'ai l'impression de le découvrir. Je craignais qu'Andrea ait peur, mais de toute façon il s'est endormi sur moi au bout de dix minutes. Ma bouillotte d'amour.

Et le samedi, chasse de Maddie ! Je me réveille fatiguée. Les émotions fortes, ça épuise. Je n'ai même pas envie de décider ce que je vais manger au petit-déjeuner, c'est dire. Alors, je fais un truc moche. On ne peut pas être parfait. Je réveille Rebecca. J'entre dans sa chambre et je me glisse dans son lit, contre son corps trop long, mon Dieu vous verriez ses jambes ! Et je commence à chantonner la mélodie de sa grossesse, Theme from blinking lights. Quand j'étais enceinte, avec Gaël, tous les soirs au-dessus de mon ventre, c'était concert privé de Eels. Et elle s'en souvient ! Bon, aussi parce qu'on a continué à le faire une fois qu'elle était sortie de sa poche d'eau. Elle grogne puis se blottit dans mes bras. Je me sens importante tout à coup. Je ne suis plus Nina ronchon qui se trouve boulotte et mal coiffée, je suis maman Nina. Utile. Je lui murmure :

—Ma chérie de l'amour, Maman est ronchon. Tu veux jouer avec moi ? Sinon, je te laisse dormir, hein.

—Il est quelle heure ? demande-t-elle.

—L'heure de jouer ?

—Maman !

—Il est 8 h 30.

Elle saute de son lit et elle dit :

—On a une heure à deux avant le réveil de la saucisse. Trop bien.

—Rebecca…

—Oui, chère mère.

—C'est un jour sans envie.

—Oh, j'adore !

Elle se frotte les mains. Ces jours-là, je les redoute, elle les vénère. Elle décide de tout pour moi. Ce que je mange le matin, ce que l'on cuisine le midi, comment je m'habille, les activités... Je déguste une tartine débordante de confiture de goyave, elle m'habille d'un jean un peu trop serré (il ne l'était pas quelques semaines auparavant...), d'une chemise à col fraise rouge et d'une veste crème. Elle verra après pour les chaussures, me dit-elle, ça va dépendre du programme de la chasse au trésor.

—Dis, tu as deviné un peu le secret, Maman ? me demande-t-elle.

—Non. Pas du tout.

—Mais, tu crois que ton papi, c'était un gentil ?

—Je croyais, mais je ne sais plus.

Elle semble réfléchir un moment, puis elle ajoute :

—Peut-être qu'il volait des bijouteries ou qu'il tuait des gens...

Je coupe court à cette discussion et on joue à la crapette. Ça défoule ! Ensuite, les deux amours qui dormaient encore se lèvent et la journée débute pour de vrai.

—Rebecca est déjà debout ? s'étonne Gaël.

Je ne réponds pas et je vais lire un peu. Courageuse que je suis. J'avance dans un roman que j'ai emprunté juste pour la couverture : une petite blondinette de six ans à peine qui fumait une cigarette, sérieuse. Le contraste m'a interpellée. Et j'ai bien fait, l'écriture est hors du commun. « Débâcle » ça s'appelle. Bref, je suis plongée dans mon livre, dans mon jean trop serré et ma chemise de gala quand Andrea me fait subir la tempête de bisous.

—Des bisous dans le cou, des bisous choux, des bisous partout.

Il chante, c'est trop mignon. Je vais finir par ne plus être ronchon du tout. Gaël nous rejoint.

—Et la grande, elle fait quoi ? je demande.

—Elle a le nez dans le frigo, elle détermine ce qu'on doit manger, elle lit les étiquettes…

—Ah…

Andrea profite de son câlin à trois têtes. On est bien. Puis, et parce qu'on ne peut pas rester toute la journée sans bouger, Gaël prend l'initiative d'ouvrir l'enveloppe chasse au trésor.

—11 h, lire trois histoires à Andrea.

Le petit saute de joie sur notre lit. Gaël tapote les oreillers derrière son dos et reprend.

—11 h 30, laisser Rebecca utiliser un couteau pour préparer le repas.

Je soupire et continue :

—12 h 30, à table !

Là, j'ai l'impression de revoir ma grand-mère, plantée avec son tablier de cuisine, crier « à table » plus comme une menace de sanction si on n'allait pas immédiatement s'asseoir qu'une invitation. Elle avait toujours un timing en cuisine, même pour les salades froides.

—13 h 30, pas de sieste pour les enfants.

— Yessssssssss, crie Andrea, yessssss.

Et il file avertir sa sœur.

—13 h 30 donc, pas de sieste pour les enfants et début de la promenade à la recherche d'indices.

Le programme tient sur deux pages. Andrea choisit ses trois histoires, et il refuse que Rebecca soit présente pendant la lecture. Elle bougonne, mais qu'importe, elle a un repas à préparer. Elle doit décider de ce qu'elle va couper seule. Elle opte pour des courgettes, des carottes, des pommes de terre, des aubergines et je ne sais quel autre légume. On n'en a jamais mélangé autant en un seul plat. Elle coupe, elle coupe et sans se couper ! C'est franchement bon. Gaël l'a aidée, il a précuit ce qui devait l'être puis, avec elle, a joliment superposé le tout dans un plat en Pyrex, au four et le tour était joué. Ça manque juste d'ail, ma passion. Andrea doit décider du dessert, Gaël lui a fait croire que c'est écrit dans la feuille de route de Maddie. Ce gamin, on pourrait lui faire danser la polka tout nu avec un chapeau de cow-boy… J'y pense, mais je n'ose pas. Les îles flottantes avalées, nous allons, comme prévu, dans un magasin de jouets. Les enfants sont dingues, on se doit d'acheter un jeu à chacun. Dans l'enveloppe, il y a cinquante euros et quatre tickets pour le musée des miniatures et du cinéma. Puis, on a ordre de manger une crêpe (ou une gaufre, on a même le droit de choisir). On ne devine toujours pas où elle veut en venir. Mais j'ai abandonné l'ambition de comprendre Madeline. Ensuite, et parce qu'il ne fait tout de même pas très chaud, on doit aller boire un chocolat chaud de Mamie dans un bar à lait. À voir la cuisinière, cuisine ouverte, faire fondre quatre carrés de chocolat noir dans le bol qui m'est destiné j'ai l'impression que mon jean me serre encore plus. *Demain, je ressors mon tapis de fitness et mon cercle de Pilates*, je pense, très motivée. On se rend ensuite dans une salle de jeux où nous attend un animateur. On doit dire « On a réservé une table au nom de Madeline ». Table 83, dans le fond. Il y a des jeunes qui font bouger des soldats en plastique, concentrés comme si leur vie en dépendait. Des couples qui jouent aux échecs, d'autres qui font un yams. Je me demande, en m'installant, à quelle sauce on va être mangés. Pour nous, c'est Cluedo, mais Cluedo junior ! Andrea est trop content, il faut deviner qui a mangé le gâteau. Ensuite, une animatrice lui lit des histoires et joue avec lui pendant qu'on fait une partie de Cluedo adulte. Gaël finit par révéler la pensée commune.

—Elle joue à quoi Maddie ? Je cherche des indices partout mais je ne comprends rien.

—J'ai même regardé s'il n'y avait pas un message caché dans ma crêpe, j'ajoute, penaude.

Ils rient. On étudie la suite du programme. Une petite promenade, un apéro et un dîner au Réconfort.

—C'est quoi ça, le Réconfort ? je demande.

—Un resto, entre la rue de la Ré et la rue confort, aux Jacobins, dit Gaël la tête dans son portable. Très bien noté, ça a l'air sympa.

Il me montre une photo et dit :

—Bon, je te propose d'aller manger sans chercher d'indices, je crois que ta grand-mère nous a baladés.

—C'est le cas de le dire, conclut Rebecca.

On est bien reçus. Le patron qui sert en salle joue avec Andrea. Le repas est prépayé, il a rarement vu ça mais « on n'arrête pas le progrès » dit-il. Il a l'air tendre. Gaël m'observe du coin de l'œil.

—Il a un joli sourire, je dis, un sourire de personnage de livre.

—C'est vrai, et surtout il accepte les enfants, même quand ils sont vivants.

—T'imagines un resto avec une affichette : « chiens et enfants vivants interdits ! »

—Ou : « pour le bien-être collectif, seuls les enfants muets sont acceptés dans cet établissement. »

Rebecca nous écoute et rigole. Elle a apporté un livre, prévoyante l'intello. Gaël n'aime pas quand je l'appelle comme ça, mais, en même temps… On dîne très bien. Les enfants ont un vrai repas, décidément c'est kids friendly ! Je ne comprends pas pourquoi les enfants, à qui on est censés inculquer le goût des bonnes choses, devraient manger au resto des steaks hachés surgelés archi cuits et des frites industrielles. Bon, j'arrête mon coup de gueule ici.

Comme toujours, les enfants s'endorment dans la voiture.

—Gaël ? Rebecca a soulevé une théorie ce matin.

—Ah oui.

—Je crois que mon papi André, André Grognard, a tué Olivier, Moktar, Martial, Georges et Francis…

—Tué ces gens ? Ton papi ?

—Je… crois…

Je renifle un peu ma peine et j'ose formuler :

—Je crois que mon papi était un tueur en série.

Gaël ne dit rien. On arrive à la maison en ne sachant toujours pas la raison de cette journée de vadrouille. On couche les enfants, ou plutôt on les dépose habillés dans leur lit, et on s'installe dans le canapé. Je suis comme anesthésiée. Et si mon papi avait réellement assassiné ces gens ? Si le papi aimant que j'ai connu était un être pervers ? L'autre jour, dans une série, The Listener, j'ai entendu une phrase géniale « Ce qu'on dit de tous les assassins : oh, il était si gentil, qui aurait cru qu'il faisait des pots de fleurs dans des crânes de facteurs ? ». C'est vrai, après tout, peut-être que Dutroux avait des amis, qu'il invitait des potes à dîner et qu'il tournait les saucisses du barbecue en refaisant le monde avec eux. On n'est pas tueur en série 24 h/24. Et Guy Georges ? Peut-être qu'il enchaînait les comédies à l'eau de rose ? Qu'il ne loupait aucun film de Noël à la télé... Gaël, tout à coup, se lève.

—Attends, dit-il, j'ai eu un doute tout à l'heure.

Et il attrape son manteau. De la poche intérieure, il sort le programme du jour. Son doute est fondé : dans l'enveloppe, il y a une autre enveloppe. Toute petite, marron orange, froissée, scotchée à la paroi de l'autre. Il en tire une carte rigide sur laquelle quelqu'un a écrit (et ce n'est pas l'écriture de Maddie) : *la vérité se trouve souvent au fond du jardin*. On saute dans nos chaussures et on sort par la baie vitrée du salon. Gaël a le temps d'attraper une lampe torche. On avance à tâtons, comme des cambrioleurs. Mon cœur manque de sortir trois fois de ma poitrine. Une fois quand la voisine ferme ses volets. Puis, quand notre chatte se frotte à mes mollets. Et lorsque je vois un tout petit corps qui pend à l'acacia.

27

Je ne ferme pas l'œil de la nuit. J'essaye de me raccrocher aux paroles réconfortantes de mon mari.

—Ce n'est rien, ma chérie. C'est juste un faux squelette.

Juste un faux squelette. Je maudis ma grand-mère de m'avoir collé la pire trouille de ma vie. Puis, je caresse mon pendentif de communiante pour me faire pardonner de la maudire. Je ne comprends rien. Rien de rien. Plus les heures passent, plus je me dis que mon grand-père était un assassin. Il a tué cinq hommes. La pénombre aidant, je suis assaillie par des flashs de mon enfance. Et une image me perturbe plus qu'une autre. André passait des heures dans son atelier, mais je n'avais aucune idée de pourquoi. Il retapait bien quelques meubles mais, avec le temps qu'il y a consacré, il aurait pu construire une cathédrale ! Un jour que je ne réussissais pas à dormir, je devais avoir huit ans, j'ai vu de la lumière. Ma poupée Charlotte à la main, j'ai ouvert la porte tout doucement. La musique a étouffé le grincement, mais pas le bruit de ma poupée qui est tombée. J'ai vu des corps pendre. Blancs, désarticulés. J'ai hurlé. André m'a grondée, qu'est-ce que je faisais là, en pleine nuit ? « Les petites filles, ça va au lit » a-t-il dit. J'ai ramassé Charlotte et suis retournée dans ma chambre. Je crois que j'ai dormi de peur. Le lendemain, il m'a expliqué que c'étaient des jouets, des pantins pour apprendre à dessiner. J'avais oublié cet épisode. Pendant des années. Et ce n'était pas plus mal !

Vers cinq heures, je vomis et je m'endors enfin. À midi, Gaël me réveille. Je me mets à pleurer. Tout ce que je peux.

—Je ne voulais pas savoir, je suffoque, je ne voulais pas savoir.

Gaël me caresse les cheveux. Il ne dit rien. Que pourrait-il dire ?

—Mon grand-père a tué ces gens. Ma grand-mère le savait et elle me révèle tout ça en organisant une chasse au trésor à faire avec mes enfants ! T'as déjà vu un scénario aussi pervers, toi ? Je suis issue d'une famille de psychopathes et mes gosses seront des serial killers à leur tour !

—Rien que ça ?

—Je suis colère, tu ne peux pas savoir, colère !

—Calme-toi, je suis certain que c'est un malentendu. André n'a tué personne.

—Ah oui ? Et pourquoi je me suis souvenue de corps qui pendaient dans son atelier ?

—Attends, qu'est-ce que tu racontes ?

Je lui balance tout de l'épisode nocturne, quand j'étais petite. Il marque une pause.

—C'était sans doute réellement des pantins. Tu vas te calmer, prendre une douche, nous rejoindre pour le déjeuner et aller voir Maddie pour éclaircir tout ça.

Je l'écoute, ça sent de nouveau la journée sans envie. Décidément. J'arrive en avance aux Flocons Verts. Par provocation. Fini la petite Nina qui fait tout ce qu'on lui dit, qui fait au mieux pour tout le monde. Moi aussi j'ai besoin qu'on prenne soin de moi de temps en temps.

—Bonjour, je dis durement.

Madeline est dans son lit, allongée.

—Dis donc, t'es en avance, ma chérie.

—Je sais. Et alors ?

Mon ton est sec.

—Tu voudrais bien me laisser me préparer deux minutes ? À mon âge, on n'est pas toujours présentable.

J'accepte, bien sûr. Je vais faire un tour dans le parc, histoire de me calmer un peu. Mon cœur fait des bonds. Je me contiens et ne cède pas à la tentation d'un petit Mentos. J'ai envie d'assumer pleinement mes émotions, pour une fois. Quand je reviens, elle regarde à la fenêtre, comme d'habitude, comme si le scénario n'avait pas changé d'un pouce. Je suis remontée comme une pendule, prête à en découdre. Et peu importe la faiblesse de mon adversaire, j'en ai assez de tout accepter tout le temps. Les humeurs de mon frère, les délires de ma mère, la soumission de mon père et les jeux pervers de ma grand-mère. Ma claque !

—Maddie, c'est pas bien ce que t'as fait !

—Qu'est-ce que j'ai fait au juste ?

Son ton à elle aussi est ferme, elle paraît distante. Pas vraiment là.

—M'annoncer que mon papi adoré était un tueur en série… de cette façon.

—Un quoi ?

—Un tueur en série, un assassin, qu'il avait tué Olivier, Moktar, Francis et les autres ! Merde !

—Merde toi-même !

—Pardon ?

—Tu as bien entendu.

Elle se lève et retourne à la fenêtre. Je la vois essuyer une larme. Si elle commence, on va se disputer en sanglots.

—Ton grand-père, mon mari, n'a tué personne, jamais. C'était une belle personne et je refuse que tu l'insultes de la sorte. Tes premières théories étaient tirées par les cheveux, mais drôles, celle-là est désobligeante et… absurde !

Je suis totalement perdue.

—C'était quoi ce délire de corps qui pend dans mon jardin, alors ? Tu te rends compte de ce que ça fait ?

Elle soupire puis elle marmonne :

—Colette…

—Colette ? je répète.

—Colette, notre amie de toujours, c'est elle qui planque les indices. Elle ne devait pas cacher le squelette flexible dans votre jardin, je n'étais pas d'accord mais elle n'en fait qu'à sa tête ! Depuis toujours ! Et le faire pendre, c'est… horrible. Je suis désolée, ma chérie, désolée si tu as pensé ça de ton papi. C'était vraiment un homme bien. Pas parfait, mais pas un assassin. Comment tu as pu…

Et elle ne continue pas. Elle se met à pleurer sans s'arrêter, comme si son réservoir de peine débordait. Je fais de même. On n'a pas l'air idiotes. On dirait un enterrement sans mort.

—Je me suis souvenue d'un truc. Une nuit, j'avais huit ans environ, je suis allée à l'atelier de Papi et il y avait plusieurs… squelettes flexibles. J'ai cru… j'ai cru que c'étaient des corps.

Et là, il se passe quelque chose de très étrange. Ma grand-mère se bidonne. Moi, j'essuie encore mes larmes de tristesse, elle a encore son mouchoir en tissu à la main, et elle se marre. Je songe à appeler une infirmière. Devient-elle bipolaire ?

—Le squelette flexible… Le squelette flexible sert à articuler les poupées gonflables !

Elle continue à ricaner en parlant.

—Ah, dis-je, pas sûre de comprendre.

—Bon, Hitler a inventé la poupée gonflable pour que ses troupes ne se divertissent pas trop et restent concentrées sur la guerre en cours. Puis la poupée gonflable a drôlement évolué, jusqu'à devenir articulée grâce au squelette flexible. Difficile de raconter ça à une gamine de huit ans, non ?

—Oui, effectivement.

—Tu comprends pourquoi ton grand-père ne t'a pas prise à part et ne s'est pas lancé dans une explication des besoins physiques humains ?

—Tout à fait, j'acquiesce, penaude.

—Mais… comment as-tu pu penser qu'André avait tué cinq innocents ?

—Je… Je sais pas… On ne sait jamais trop qui fait des pots de fleurs dans des crânes de facteur…

—Plaît-il ?

—Non rien… Et puis personne a dit que ces cinq mecs étaient innocents… Mais, attends, pourquoi Papi avait des parties détachées de poupées gonflables dans son atelier, exactement ?

—Ah ça, ma chérie…

—Je comprendrai quand je serai grande ?

—Tout à fait… Ou bien c'est que c'est un indice clef ?

Elle se lève, se sert un thé sans m'en proposer un. En se rasseyant, elle s'en rend compte. S'excuse.

—Non, non, ne t'inquiète pas. J'allais partir. Je dois dire à Gaël que je ne suis pas héritière d'un génome meurtrier. Et puis, avec tout ça, je n'ai presque pas dormi.

Elle me remet l'enveloppe suivante, me promettant moins d'émotions. Puis, elle fait quelque chose de très surprenant : elle se réfugie dans mes bras. Là, contre moi, elle me paraît minuscule.

28

Je rentre à la maison et je déroule mon tapis de fitness. Je dois transpirer, suinter l'huile du plat de midi, le gras de la crème brûlée et mes émotions. Prenez-moi pour une folle mais, quand je fais du sport, quand je sue d'effort, je vois mes émotions et les calories s'évaporer de mon corps. Je fais des abdos, je vois quelques bouchées de gaufre sortir de mon nombril et me saluer. Comme pour me remercier pour l'accueil temporaire. C'est un joli spectacle, d'ailleurs. J'imagine tout ça pour me motiver, sans doute. Bref, j'évacue le trop-plein puis je vais parler avec mon mari.

— André n'a tué personne, je dis.

— Tant mieux ?

— Oui, tant mieux. Mais je n'ai plus de théorie maintenant.

— Tu aurais préféré valider celle-là ?

C'est là que Rebecca intervient.

— Non mais, Maman, je rigolais quand je t'ai dit ça.

Elle part ranger sa chambre, un vrai foutoir d'après elle. Andrea vient me faire un câlin.

—Maman, tu sens pas bon.

Je suis encore rouge d'effort, les cheveux dans tous les sens, mais aucun dans le bon, le tee-shirt trempé, bref, pas prête pour aller danser. Sous la douche, je réfléchis. Pendant quelques heures, j'ai été la petite-fille d'un tueur en série, d'un homme sanguinaire, d'un odieux personnage. Je me suis sentie pleine de gènes de folie meurtrière. J'ai expérimenté quelque chose d'étrange. J'ai revu mon enfance, ma façon d'être, ma vie, à la lumière d'un héritage malsain. Des détails insignifiants m'ont même poussée à croire que j'étais peut-être capable du pire. Souvenez-vous du jour où Michèle a failli tomber de l'escabeau… J'ai cru que c'était à cause de ça que je l'avais observée sans intervenir ! Comme quoi, tout dépend de l'éclairage.

—Gaël ? Tu veux bien planquer l'enveloppe, s'il te plaît ? J'ai besoin d'une pause de quelques jours. Besoin de n'être que la petite fille du grand-père dont je me souviens. On l'ouvrira samedi.

—Bien sûr amor mais, comme je te connais par cœur, je vais la planquer vraiment bien.

—Comme si j'allais fouiller !

Sa suspicion ne me vexe pas, il a raison. Le début de semaine passe à une vitesse ! J'ai l'impression de coucher les enfants à quelques heures d'intervalle. Il va falloir qu'une assistante arrive vite, je n'ai même plus le temps de lire. Et si je ne peux plus conseiller les gens, je deviens une marchande de timbres. Je fais passer trois entretiens en trois jours. Un échec cuisant. Gaël adore que je les lui raconte. Il y a eu la fan de vampires, la fille ne m'a parlé que de ça pendant l'entretien. Votre passion ? Les vampires. Au cinéma, vous aimez voir quoi ? Les films de vampires. Vous lisez ? Des romans sur les vampires. Bon. Ensuite il y a eu celle qui n'avait jamais entendu parler des auteurs classiques, des auteurs modernes et du subjonctif. Puis, un jeune homme. Je m'étais dit qu'il serait de bon ton de changer un peu. Il n'a rien pu dire, comme bloqué. Il me regardait, il souriait, il hochait la tête, mais ne parlait pas. Je lui ai demandé, en langues des signes, s'il était muet. Il s'est concentré et m'a juste répondu :

—Ah, non, pas du tout. Mais je ne vois pas très bien par contre.

Cette réplique achève Gaël, qui se tient le ventre à force de se poiler. Il paraît qu'un bon fou rire permet d'éliminer un steak. Ma mère dit ça et je répète. L'héritage familial, tout ça…

On est jeudi, le samedi arrive à grands pas et, avec lui, la chasse au trésor et mon anniversaire. On décide de fêter mon trentième anniversaire (je ne veux pas entendre de réflexion) le matin vu que, l'après-midi, on va être envoyés on ne sait encore où pour chercher on ne sait encore quoi. Sur la lune pour trouver une pépite de chocolat ?

—T'as demandé quoi pour ton anniversaire ? s'intéresse Michèle.

Elle a cessé de bouder, est revenue et s'investit même dans son travail. Je lui fais confiance, ça va lui passer. D'ailleurs, elle s'est acheté un smartphone, sans doute pour pouvoir jouer au solitaire. Mais bon, vaut mieux être dépendant à ça qu'à autre chose.

—Je déteste les cadeaux.

—Ah…

—Je suis toujours déçue, j'explique.

—C'est pour ça qu'il faut demander. Moi, mon Chulien, il achète tout ce que je veux. L'année dernière, j'ai eu sept cadeaux, tu t'rends compte ?

Elle mâchouille un vieux chewing-gum. On est loin de son attitude face à la direction dans son tailleur acheté pour quelques heures.

—Sept ? Pas mal ! T'es maligne, toi.

Ça lui fait visiblement plaisir.

—Tu veux que je te dise comment je fais ? C'est toute une stratégie.

—Non merci, je réponds en me replongeant dans l'étude des CV.

Faut pas exagérer, je veux bien lui lancer une croquette mais pas la nourrir.

Le vendredi soir, au lit, contre mon amoureux, je craque.

—Mon doudou des îles ?

—Non.

—Non quoi ?

—Non, je ne te dirai pas ce que tu vas avoir comme cadeau.

—Un indice ? Juste un ?

Je m'assieds d'un bond sur le lit.

—Non, confirme-t-il.

—Mais euh…

—Ça me stresse plus que toi, tu sais ?

—Pourquoi ?

—Pourquoi ?! Tu me demandes pourquoi ?

Il semble réellement étonné.

—Parce que je tombe toujours à côté. Toujours. Entre le pull trop grand qui te vexe, la jupe trop petite qui te vexe aussi... Et il y a eu aussi la friteuse, tu en voulais une puis finalement tu détestes l'idée, et la crème anti-vergetures super chère sur laquelle tu lorgnais à chaque fois à la pharmacie.... Je tombe toujours à côté.

J'abandonne l'idée de lui expliquer pourquoi acheter à sa femme une crème anti-vergetures ou anticellulite relève de la provocation. Parce que je sais que, réellement, il ne comprend pas. C'est utile, je la voulais, il avait trouvé LA bonne idée. Lui, il ne sait pas, on ne lui a pas appris. Et moi, j'interprète tout. Tant pis, on ne peut pas coïncider sur tout.

Le lendemain matin, ma meilleure amie et son mari sonnent à neuf heures avec le petit-déjeuner. Elle m'a apporté une polonaise, mon dessert préféré du monde entier. C'est bon de prendre mon premier café du matin avec elle. Ça me rappelle nos années de jeunesse, nos réveils au camping, nos petits-déjeuners à l'hôtel vue mer en Italie, nos pastéis de nata au Portugal... Bref, un avant bien agréable. Puis, c'est Aurélie qui débarque. Plus facile seule, me dit-elle. Je n'insiste pas. Mais quand ça sonne à nouveau, j'ai peur. Je pense d'abord que ça peut être Jérôme. Je n'ai rien de solide contre lui, peut-être que je suis juste jalouse parce que Gaël se confie beaucoup à lui, puis je panique à l'idée que ce soit ma mère. Le facteur ne doit pas comprendre pourquoi je suis si enthousiaste de le voir, lui. Un paquet de ma marraine. Elle est mignonne. Quand j'étais gamine, elle me faisait livrer des Barbie (avec lesquelles Andrea est d'ailleurs en train de jouer). Maintenant, elle m'envoie des romans et des bijoux. J'ouvrirai le paquet seule, ce soir. Ma mère débarque d'une autre façon, juste après le déjeuner. Au téléphone.

—Bon anniversaire mon rayon de soleil !

J'ai oublié de vous prévenir, mais à distance elle est beaucoup plus tendre. J'ai arrêté d'essayer de comprendre.

—Merci Maman.

—Oh… c'est comme si c'était hier. Quelle aventure ma Nina, trois kilos sept tout de même, tu étais un gros bébé…

Je dispose d'un an pour oublier cette phrase, qu'elle ne manque jamais de me rappeler le jour de mon anniversaire.

—Ah bon ?

—Oh oui, tout de même, la moyenne pour une fille était à trois kilos trois, je m'en souviens encore ! Hier, je te dis. Tu vas bien ?

On ne peut que répondre oui à cette phrase idiote. À l'inverse, « Comment tu vas ? » appelle à la confidence non guidée.

—Très bien !

Je veux clore le sujet avec enthousiasme mais, au lieu de ça, je crie.

—Tu sais, ma chérie, qu'envoyer des cadeaux depuis notre contrée lointaine peut être compliqué… Alors je t'ai pris un abonnement d'un an à… Méditation magazine ! Tadam !

—Tadam ! je répète.

—Bien sûr, c'est aussi de la part de ton père.

Et j'entends derrière un « Joyeux anniversaire ma crotte en sucre ! ». Mon père, ce suiveur.

—Dis, reprend ma mère, tu… enfin… la chasse au trésor….

—Oui ?

Je ne compte pas lui mâcher le travail.

—Est-ce que tu as trouvé le secret ? Est-ce qu'il me concerne ? Est-ce qu'il concerne Salomon ?

Elle a tout lâché à la suite. Trop vite.

—Salomon ? Quel est le rapport avec Salomon ?

—Je sais pas…

—Et tu peux dire « ton frère » ? Je préfère.

—Bon, bon, c'est pareil, c'est son prénom. Tu chipotes, t'es pénible quand tu fais ça. Non, mais c'est vrai, quoi.

C'est là que mon père prend le téléphone. Il sent la moutarde de la dispute monter.

—Ma bichette, il murmure stupidement, je sais que tu vas détester mais….

Il se met à chanter « Joyeux anniversaire Nina », la chanson en entier, faux, mais faux ! Je ris et je dis :

—Comment tu fais pour chanter de plus en plus faux, Papa ?

—Je m'entraîne ! Et puis, c'est ma voix du matin, on vient tout juste de se réveiller ! Allez, passe une belle journée. Tu as quoi de prévu ?

—On est avec des copains, on finit le repas et on a notre aprèm chasse au trésor orchestrée par Maddie, comme tous les samedis depuis… des semaines ?

—Tant que ça ? Eh, ma douce, est-ce que le secret concerne ta mère ou Salomon ?

J'entends ma mère faire de grands « Chut ! » derrière lui. Je raccroche. Fin de la liaison Lyon-Cachi. Je dis « Merde ! » à mon portable et je rejoins Marthe dans le jardin.

—Un café en terrasse à Rome, propose-t-elle.

—Insuffisant.

—Ah… J'ajoute une balade en vélo à Argelès.

—Un peu mieux.

—Un café en terrasse à Rome, une balade en vélo à Argelès et une soirée pétanque à La Palmyre.

—Avec une bière blonde ou brune, la pétanque ?

—Une blanche bien fraîche et une rondelle de citron vert.

—Ça y est, c'est passé. Merci.

—Avec grand plaisir, ma Nina, avec grand plaisir.

On fait ça souvent : quand une de nous deux n'est pas bien, on ne se demande pas si « Tout baigne ? », on le sent et on évoque un souvenir commun réconfortant. Et si ça ne suffit pas, on en met un second sur la table, puis un troisième. Il est rare que l'on dépasse les cinq cartes souvenirs. C'est arrivé quelques fois, mais je n'ai pas le temps de vous raconter, la chasse au trésor doit avancer. Les copains partent. Ils m'embrassent chaleureusement et, ce faisant, m'offrent de leur énergie. *Merde, je pense comme ma mère. Vivement que je comprenne comment tout cela fonctionne grâce à ma revue de méditation !* Aurélie me donne discrètement mon cadeau, au moment de partir. Une petite enveloppe avec une lettre. Si touchante que j'en pleure. Il y a juste quelques lignes, mais ça vaut tous les cadeaux du monde. Des mots précieux. Je suis émue et sereine quand le téléphone sonne de nouveau. Celui de Gaël, le mien est éteint. Rebelle un jour… Il me tend son engin.

—Nina !

—Oui !

—Bon anniversaire ! Tu vas bien ?

Salomon daigne m'appeler du fin fond de sa pampa.

—Oui, et toi ?

—Oh oui… Je suis avec ma… chérie ? Je plane Nina, je plane !

—Tant mieux frérot, tant mieux.

—Dis, t'en es où de la chasse au trésor ? J'y pensais cette semaine et… je suis curieux de savoir où veut t'emmener Maddie.

—Je ne connais toujours pas le secret mais, tu sais quoi ?

Je le sens se crisper.

—J'ai une piste.

—Ah…

Je l'entends demander à sa… chérie ? … de cesser de jouer de la guitare derrière.

—Je pense que Papi n'a aucun secret. Soit Madeline joue avec moi, ce qui est fort possible, soit ça ne le concerne pas.

Je ne pense pas un mot de ce que je viens de dire. Pas un. Et puis, même si je savais le secret, je ne dirais rien. Nous, on doit se taper les samedis recherche d'indices, annuler les copains, repousser Jérôme au risque de créer un conflit de couple, et eux, ils attendent en faisant du yoga et en escaladant des monticules que je leur livre le tout, tout cuit. J'suis pas Uber-secret, hein.

Il est quinze heures, le jour de mon anniversaire, je suis presque ronchon et on s'apprête à ouvrir l'enveloppe suivante, convaincus qu'on approche du but. Et je ne sais pas pourquoi, mais je sens que je vais bientôt me prendre le ballon en pleine tronche.

29

On se couvre des pieds à la tête, chaussettes chaudes et bonnets à nœud-nœud. C'est Pâques en janvier. On enfile aussi nos chaussures de marche. Le programme est de nouveau de crapahuter dans la forêt, celle des pneus. Ça sentirait bien l'épuisement d'inspiration du côté de Maddie. Rebecca et Andrea sont ravis, ravis, ravis. On doit les y emmener et les laisser jouer une heure. Une heure à les regarder se balancer. Gaël a emporté sa tablette pour bosser sur un nouveau projet, un site internet de bijouterie suisse, une merveille ergonomique qui a besoin d'un écrin de couleurs délicates et appropriées (et sans femmes nues). Le but est de faire acheter aux gens des pièces très très chères. Les autres sites incitent les clients à venir dans la boutique, mais celui-ci nourrit des ambitions on ne peut plus importantes. Gaël m'explique que chaque bouton incite à une action et que sa couleur doit être significative. Que, mine de rien, un rose poudré inoffensif peut te faire dépenser des milliers d'euros juste parce qu'il est au bon endroit, au bon moment de ton processus de découverte des produits. J'aime la façon qu'il a de penser que tout est possible, que tout est, du moins, envisageable. J'ai emporté mon roman du moment, j'ai fini « Débâcle » et j'entame la relecture de la saga Malaussène. Un délice. J'aime relire, redécouvrir les mots en connaissant la fin. J'ai l'impression d'avoir une longueur d'avance sur eux, d'être la complice privilégiée du narrateur. Les enfants s'éclatent dans leur pneu respectif, Gaël pianote, réfléchit, marche un peu et je lis, souriante, conquérante. À 16 h 30, on doit rejoindre un salon de thé fort agréable. Madeline a réservé pour nous un plateau de gâteaux. Un éclair au café pour Rebecca, qu'elle engloutit d'un coup, une religieuse au chocolat pour Andrea, qu'il décortique en gardant la crème au beurre pour la fin, comme d'habitude, un opéra pour Gaël, et pour moi… une polonaise.

—Décidément, je dis, la bouche pleine.

La vendeuse m'apporte ensuite un cadeau. De la part de ma grand-mère bien sûr, elle, je ne la connais ni d'Eve ni d'Adam. Un collier en or avec une perle de Tahiti, une merveille. Le dernier bijou d'André pour son épouse, n'imaginant pas que, quelques années plus tard, sa petite fille le recevrait comme cadeau d'anniversaire. Quand il lui a offert, il était dans le bonheur de l'instant, dans la félicité du moment, il ne se projetait pas dans un après dont il ne serait plus acteur. Si on y réfléchissait, ça nous perturberait trop. Si l'on regardait chaque objet en pensant qu'il va nous survivre… Gaël interrompt ma réflexion.

—Tu ne devineras jamais où on doit aller maintenant…

—Sur la lune, à la recherche d'une pépite de chocolat ?

—Quand même pas.

—Je donne ma langue au chat !

Andrea me regarde d'un air inquiet.

—C'est une expression mon ange, une expression.

—Chez Ikea, entonne Gaël.

—Quoi ? dis-je, étonnée.

—Plaît-il ? ajoute Rebecca.

Et Gaël lit la fin du programme. On doit faire tout le tour du magasin, interdit de couper les allées. Elle a tout prévu pour nous fliquer : on doit répondre à un questionnaire sur presque une centaine d'articles, et que des choses qu'on ne peut pas trouver sur internet. Par exemple : entre quels autres articles est placée l'étagère Billy de présentation largeur vingt-deux centimètres ? Je soupire.

—Cela dit, ça me fera du bien de marcher, histoire d'éliminer un peu de sucre.

Je visualise ma prochaine séance de sport que je passerai avec mes polonaises. En bonne compagnie, donc.

—Et l'indice est donc chez Ikea ? je demande.

—Oui, répond Gaël.

—Ah…

—Et on doit encore annuler Jérôme pour… manger des boulettes !

—Oui !! hurlent les enfants.

Et, avec leur père, ils se lancent dans la danse des boulettes. Je ne sais pas si j'ai envie de vous raconter ce que c'est, j'ai un peu honte. Pour une fois, je ne dis rien, vous ne pouvez pas non plus tout savoir, je vous laisse sur votre faim (faim, boulettes…). On arpente tous les couloirs et toutes les allées. Bien sûr, on craque sur plein d'articles, je vous mets au défi de repartir d'Ikea les mains vides ! Même à grands coups de volonté, vous achèterez des piles en arrivant aux caisses. C'est toujours utile, vous penserez, et vous aurez raison. Rebecca remplit le chariot, je le vide, ça fait ricaner Andrea et Gaël en a marre de piétiner. Et en plus de tout ça, on doit répondre aux questions et acheter ce que Maddie a mis sur la liste. À savoir :

Une lampe pour l'entrée (je lui ai dit qu'elle était sombre)

Une peluche pour Andrea

Un jeu en bois pour Rebecca

Un tapis pour notre chambre (je lui ai dit qu'on n'en avait pas)

Un tableau pour les toilettes

Un kit de dînette en fer.

Je commence à avoir mal aux pieds et je pense à Colette. Colette qui s'est tapé tout le magasin et qui a rédigé le questionnaire juste pour rendre service à sa copine. Il faudra que je demande à Madeline ce que son amie doit se faire pardonner. Ça doit valoir son pesant de cacahuètes. Entre deux boulettes, Gaël évoque Jérôme :

—Il est un peu en colère.

—Tu m'étonnes. Je suis désolée.

—On déjeune chez lui demain et on y passe l'après-midi, décide Gaël.

—Mais… et Maddie ?

—Pour une fois…

Je réfléchis. Je repense aux appels de ma mère et de mon frère, à ma trouille avec le squelette flexible, à mes angoisses d'avoir un ancêtre pervers et dangereux, et je choisis de me protéger un peu. Demain, je n'irai pas voir ma grand-mère ! Na ! Il paraît qu'il ne faut pas regretter de penser à soi en premier, une fois de temps en temps. Arrivée à la maison, pour être sûre de ne pas culpabiliser et pour rester la mère et l'épouse attentionnée que je mérite d'être, j'avale discrètement un anxiolytique. Puis, j'ouvre mon cadeau de la part de Gaël et j'exulte. Un abonnement à une box littéraire. Parfait. Ensuite on déballe ce qu'on a acheté à la recherche de l'indice du jour, qui s'avère être la cocotte minute de la dînette Ikea. Allez comprendre. J'avertis Madeline que je ne serai pas là le lendemain et je tente de dormir. Mais je ressasse, je ressasse. *Quel lien y'a-t-il entre Tousseul Francis, Moktar Olivier, Lavergne Georges, Ehond Kamel, Saybon Martial et une cocotte minute de dînette ?*

J'inscris dans mon carnet mental (plutôt pratique quand tu n'as pas de stylo) :

Francis Tousseul, Olivier Moktar, Georges Lavergne, Kamel Ehond, Martial Saybon.

Une cocotte minute, un squelette flexible, un effaceur, un string en bonbons et un distributeur de cartes.

Vous devinez où elle veut en venir, vous ? Moi, non, et je n'ai même pas l'ombre d'une piste. Pourtant, nous avons tous les éléments. Comme quoi, tout dépend vraiment de l'éclairage. Je l'entends déjà mon « Mais bien sûr ! » de quand j'aurai la réponse, et votre « Oh bah moi, je m'en doutais, hein ».

30

—Je pourrai m'échapper une heure ou deux ?

Je tente d'amadouer Gaël en enfonçant tant bien que mal mes boucles d'oreille et, je suis sûre, en louchant.

—Juste une heure ?

Mon regard de biche presque bien maquillée ne semble pas l'impressionner plus que ça.

—Nina ! Ça fait huit fois au moins qu'on annule ce repas avec lui.

—Je sais, mais….

—Soit c'est que tu ne veux pas y aller, soit c'est que tu es vraiment obsédée par cette histoire de secret de famille !

—Soit les deux, je murmure en m'éloignant.

Les enfants sont prêts à l'heure, Gaël leur a mis une pression ! S'ils ne sont pas prêts à temps, ils seront de corvée de patate pendant deux ans. Ils ne comprennent pas la menace, mais elle n'en paraît que plus effrayante. Dans la voiture, Andrea demande :

—Il fait peur ton copain ?

Gaël se fige, enfin pas trop vu qu'il conduit.

—Pas du tout ! C'est un mec en or !

Ça sonne faux. Comme le joyeux anniversaire de mon père.

—Il est sympa, un peu décalé, mais sympa. J'aime bien discuter avec lui, même si, par moments, il se fixe sur un sujet et que ça dure une plombe. Il est peut-être un peu autiste cela dit… ou Asperger ? Je ne connais pas la différence de toute façon. Mais je ne sais pas, je l'aime vraiment bien.

Il semble se répondre à lui-même, soulever ses propres doutes puis se rassurer. Personne ne sait quoi dire et, de toute façon, on vient d'arriver. En descendant de la voiture, je suis contente. Mine de rien, ça fait longtemps qu'on n'a pas été invités à manger chez quelqu'un et qu'on n'a pas découvert un intérieur inconnu. La maison de Jérôme est… comme lui, atypique. Un immense loft bordant un jardin paysager à l'anglaise. Des suspensions magnifiques accrochées à un plafond métallique industriel, des meubles en bois et en fer, des œuvres d'art partout, des statues géantes, des peintures diaboliques et d'autres angéliques.

—C'est moi qui ai tout peint et sculpté, explique-t-il.

—Ah oui… ça doit prendre un temps fou, je dis, impressionnée.

—C'est le cas, mais comme vous m'avez réservé bon nombre de soirées pour ensuite annuler à la dernière minute, j'ai eu du temps.

Je ne sais plus où me mettre. Gaël prend la parole.

—Jérôme dit tout ce qu'il pense. Ce n'est pas méchant, il ne faut pas interpréter.

—Ah.

Gaël aurait quand même pu me prévenir avant.

—Jeune fille, retire tes doigts de cette statuette, s'il te plaît. D'autant que, juste avant, tu les avais dans le nez.

Rebecca, désormais, le déteste. Andrea le trouve drôle. Moi, je pense que c'est un type bizarre. Du genre à faire disparaître les facteurs.

—Mozarella di buffala, tomates cerises et basilic de ma serre, le tout piqué sur un spaghetti.

Il démontre ensuite par A plus B, alors que personne ne proteste, que les pics à brochette ainsi que les cure-dents sont une hérésie pour l'environnement. Il enchaîne par un laïus sur les cotons-tiges. Rebecca commence par l'écouter puis elle lui répond. S'ensuit une conversation loufoque entre un type étrange et une gamine précoce sur les solutions proposées par différents acteurs pour sauver le monde en réduisant l'impact de l'homme sur sa planète. Rebecca exprime des idées simples mais justes avec ses mots d'enfant, et Jérôme lui parle comme à une adulte, sans filtre.

—Je l'adore, me dit-elle quand nous allons nous laver les mains avant de passer à table.

Je hausse les épaules. Il est treize heures, j'ai juste envie d'être avec Maddie. Jérôme nous présente la bouteille, comme au restaurant. Bien sûr que ça nous va, on est invités. On ne va pas dire « Ah non, finalement, même si vous venez de l'ouvrir on va en choisir une autre. Apportez-nous la carte. ». Et puis, je dois dire qu'il nous gâte. Il sert un fond de verre à Rebecca. Je peste.

—Chère amie, il a été démontré que l'alcool sur un cerveau d'enfant développe des zones utiles à la bonne croissance du jugement.

—Oui, peut-être, mais moi je juge que ma fille de sept ans ne boira pas de vin !

—Nina, est-ce que tu peux… le dire plus gentiment ? me demande Gaël.

—Je croyais qu'il ne fallait pas de filtre !

—Elle a raison, répond Jérôme. La colère fait partie de la vie. On la masque souvent, mais elle est utile. Même si, là, on dirait plutôt du stress.

Il interroge Gaël du regard.

—Nina est anxieuse : sa grand-mère lui a organisé une chasse au trésor, en lui balançant cinq noms et cinq indices. On devrait comprendre quelque chose, en déduire un secret de famille, mais on ne trouve pas.

—Ce que c'est drôle ! Quelle idée délicieuse… Je vous propose de manger le rôti maintenant, il est chaud et je déteste gâcher le travail parfait de ma cocotte en servant la viande en décalage. Et c'est maintenant, le moment idéal.

Il rejoint sa cuisine après avoir consulté deux fois sa montre.

—Il est trop bizarre, presque… effrayant, non ? je commente, pas sereine.

—Il est marrant, rétorque Andrea.

—Il est passionnant, ajoute Rebecca, les yeux en cœur.

—Fais un effort ! m'intime Gaël.

À l'unanimité, je cesse de polémiquer. Jérôme revient, heureux comme un pape, sa fameuse cocotte à la main. Il la pose si solennellement que je crois un instant qu'il va se mettre à prier. Ce qu'il fait, presque. En nous servant, il nous raconte comment fonctionne cette merveilleuse invention, comment elle a eu si peu besoin d'évoluer au cours des années, comment elle cuit tout à merveille. Il ajoute qu'il ne comprend pas les autres modes de cuisson. Il ne se sert que de sa cocotte pour tout cuire, absolument tout ! La Rolls de la cuisine, c'est elle. Entre son ode du jour et l'indice d'hier, j'en ai ma claque des cocottes !

—Quel inventeur ce Georges Lavergne, conclut-il.

C'est là que j'avale de travers un morceau de rôti de porc, une fausse route comme on dit. Je m'en remets, même si j'hésite à profiter de la situation pour me faire emmener en ambulance aux Flocons Verts pour obtenir le fin mot de l'histoire… Je passe la fin du repas et de l'après-midi (Jérôme a tout planifié, il fait tout le temps ça apparemment, pas de temps morts, on joue aux dames et aux petits chevaux, il a même noté les pauses pipi) à ne penser qu'à ça, qu'à la cocotte minute de la dînette et à Georges Lavergne.

On rentre, j'envoie un SMS à Michèle et un mail à ma direction pour me faire porter pâle. Demain, je n'irai pas au travail comme prévu, mais à l'hospice, pour obtenir de Maddie la vérité. Enfin.

31

Je me réveille d'une humeur joyeuse. Si légère. Comme si je n'avais plus que moi à trimballer dans ce monde lumineux. Hier encore, je me demandais ce que signifiait tout ce cirque et là, je suis juste sûre de moi. J'ai compris. Mon grand-père André n'était pas un espion, pas un voleur de colliers, pas un agresseur de vieilles dames, pas un chirurgien clandestin et pas un tueur en série. C'était un inventeur sous pseudonymes. Et il a inventé la cocotte minute ! Et peut-être aussi l'effaceur… et le string ? Gaël ne valide pas totalement cette nouvelle théorie mais elle colle avec tout ! Il veut confirmation de Maddie et il m'encourage à mentir à mon employeur, même si ça bafoue quelques-uns de ses principes.

J'ai préparé une boîte, comme celle que j'avais faite pour ma grand-mère pour lui annoncer que j'étais enceinte de Rebecca. Une boîte à plusieurs couches. Plus elle ouvrait, plus elle s'approchait de l'annonce. À l'époque, j'y avais glissé un calendrier avec la date du terme entourée et un paquet de café grand-mère où j'avais ajouté « arrière ». Mince, c'est peut-être ça qui lui a donné l'idée de la chasse au trésor option secret de famille. Dans celle d'aujourd'hui, j'ai mis les indices : l'effaceur, la cocotte miniature, le distributeur de cartes, un dessin de squelette flexible et le string que l'on n'avait pas mangé. Je n'ai pas pu me résoudre à laisser mes enfants croquer dans une culotte en bonbons. Et si elle avait été portée ? Je pense Colette capable de tout. J'ai même récité mon texte, que j'ai mis du temps à écrire. Je souhaite le moment théâtral. On clôture tout de même une aventure de plusieurs semaines, qui a remué bien des choses ! Je monte dans ma belle voiture et j'installe la fameuse boîte sur le siège passager. Je pense à l'attacher, mais je n'y arrive pas. Je vais devoir conduire doucement pour ne pas la renverser. Je suis obligée de passer à l'orange bien mûr pour ne pas piler. Heureusement, pas de flics. *C'est mon jour de chance.* J'entre dans le bâtiment B, à l'improviste, avec l'impression de m'y faufiler par effraction. Je ne croise personne avant d'arriver dans la chambre de Maddie, où il y a tout le monde, sauf elle. À la fenêtre, à la place de ma grand-mère qui aurait guetté mon arrivée, souriante, il y a deux femmes de ménage qui s'activent sur les vitres et, à la table, un docteur plongé dans ses papiers. *Oh mon Dieu, quelle belle nouvelle !*

—Elle a enfin pu avoir l'appartement de l'étage du dessus ! Oh, ce qu'elle doit être contente !

Tout le monde a l'air concentré sur sa tâche. Personne ne répond.

—Elle y est déjà ? j'insiste. Je peux monter la voir ? C'est assez urgent.

Je m'accroche à ma boîte. J'ai un peu honte de ne pas aider les infirmières à empaqueter les affaires de ma grand-mère, mais là je suis pressée de lui dire ce que je pense avoir découvert.

—Asseyez-vous, me dit le docteur.

J'obéis, posant soigneusement sur mes genoux mon carton, devenu ridicule.

—C'est que, je suis pressée, je répète.

—Je ferai vite. Madeline avait un grave problème aux poumons. Comme vous le savez sans doute…

—Euh… non… je dis, honteuse.

Il semble surpris, mais continue.

—Ces dernières semaines, son état a empiré sans qu'on puisse y faire grand-chose. Le poumon droit était pris et ça s'est étendu assez rapidement, à cet âge le système immunitaire est affaibli.

—Mais… elle est hospitalisée, c'est ça ? Dans quel hôpital ? Je peux m'y rendre, je suis en voiture… je dis en brandissant mes clefs pour le prouver.

—Madame, elle est… morte.

Je prends ce mot en pleine tronche. Je ne comprends rien. Je ris. Les infirmières arrêtent d'empaqueter, le docteur ne sait pas quoi ajouter.

—Ça fait partie de la chasse au trésor ? C'est ça ?

Je me relève et je souris.

—Quoi ?

—C'est l'acte final de la chasse au trésor, elle a envisagé la grande révélation comme ça, c'est un coup de théâtre !

Je me précipite vers la porte et en fais tomber ma boîte.

—Oh non ! Ma boîte !

Le docteur fait alors signe à une infirmière, qui m'arrête et me donne un verre d'eau. Elle m'emmène ensuite dans le bureau de la psychologue des Flocons Verts. Il ne me faut pas longtemps pour réaliser à quel point j'ai été ridicule.

—Pardon, je dis à la psy.

—Ne demandez pas pardon, l'annonce d'une mort, même attendue, est un choc qui peut engendrer des situations bien plus loufoques que celle-là. Si vous voulez, je peux vous en citer.

—Non merci, je dis.

Je quitte son bureau, toujours accrochée à ma boîte, quand elle m'arrête :

—Votre grand-mère m'avait laissé ça pour vous.

Une enveloppe. Ça devient décidément une habitude.

32

NINA, forcément.

Je l'ouvre avec Gaël, après avoir couché les enfants. Je suis anéantie.

—Tu ne veux pas qu'on attende samedi plutôt, comme d'habitude ? propose-t-il.

—Tu rigoles ?

—J'essaye, répond-il en se forçant à sourire.

Dans l'enveloppe, une lettre d'amour, un bloc de souvenirs, de ma naissance à l'époque actuelle, avec des anecdotes à la pelle. Elle a dû passer des semaines à raviver sa mémoire. De mes réflexions d'enfant qui l'ont marquée aux extraits de nos discussions d'adultes qu'elle a préférées. Ce sont des retours d'odeurs, de mots, d'émotions. Quelques révélations aussi, dont celle de son travail chez Aubade et de la provenance de mes box de lingerie. Je pleure, je souris, je renifle, je chiale, j'essuie, je ris et je me mouche. Dans tous les ordres possibles. Gaël est à côté, impuissant, mais présent. Dans l'enveloppe aussi, le secret. Mon grand-père était bien un inventeur, mais un inventeur discret et humble. Il a fait breveter sous pseudonymes la cocotte minute (Georges Lavergne), le collier en bonbons (Martial Saybon), l'effaceur (Kamel Ehond), le squelette flexible pour améliorer les poupées gonflables (Francis Tousseul) et le distributeur de cartes à jouer (Olivier Moktar). Madeline était dans le coup, elle l'aidait et restait avec lui dans son atelier. « Il y passait des heures, tu te souviens, ma chouette ? » Oui, je me souviens. Ça y est. J'ai tout lu. Je sais tout. Je garderai précieusement cette grande enveloppe, sa dernière. Pour m'assurer que je ne loupe rien, qu'il ne reste pas dans le fond un post-it, un cœur découpé ou un chèque, sait-on jamais, je secoue le rectangle de kraft. Une photo tombe. Gaël intercepte ma main qui s'apprête à la ramasser et me suggère une pause câlin, pressentant quelque chose. Puis, on détaille le cliché ensemble. On y distingue Salomon, mon frère, à l'âge de deux ans environ, reconnaissable par son grain de beauté énorme sur la joue gauche qui lui donne un charme fou. Il pose avec un homme et une femme qui se tiennent par la main. Ils sourient en chœur à l'objectif. Leurs traits, à cause de l'ancienneté de l'image, ne sont plus très précis, mais ce n'est pas ma mère et ce n'est pas mon père. Je ne comprends rien. Gaël me retire délicatement la photo et la retourne.

« Parce que désormais tu n'es plus la gamine qu'il faut toujours protéger de tout, demande à ta mère qui est ce couple. Elle aurait dû t'en parler avant, ce n'était pas à moi de le faire, mais je voulais m'assurer que tu le saches, un jour. »

Je repense à l'appel de Bénédicte pour mon anniversaire, à celui de Salomon et à leurs craintes autour de ce secret. Pendant plusieurs jours, je retourne tout ce qui peut l'être dans ma tête. Je bine mes souvenirs. Je pourrais appeler ma mère immédiatement mais, même avec le décalage horaire, je ne la réveillerai pas. En termes de décalage horaire elle m'a gâtée, moi, à ne rien me dire pendant des années. Mais je veux l'avoir en face, ne lui offrir aucun recoin ombragé, tout savoir. Je veux aussi que mon père soit là, et Salomon bien sûr. J'ai des comptes à régler. La petite gamine à protéger est colère. Dans peu de temps, nous allons tous être réunis. Une belle fête de famille autour de la tombe de celle qu'ils n'ont pas vue depuis des mois. On ne peut pas tout faire, méditer en Amérique latine et rendre visite à sa mère en résidence pour séniors à Lyon. La géographie, ma chérie, c'est important. Je m'en tape de la géographie de la mappemonde. Moi, ce qui m'importe, c'est celle du cœur, et mon pays c'était celui où se trouvait Maddie. Je ne dis pas que je n'ai jamais eu envie d'aller faire ma vie aux Caraïbes, en Australie ou en Ouzbékistan, même si, jusqu'à il y a peu de temps, je ne savais pas que ce pays existait, mais je ne l'ai jamais envisagé sérieusement. Désormais, nous pouvons vivre où nous voulons, sans attaches, mais je ne m'en sens pas plus libre pour autant.

Ils prennent tous les trois le même vol, et arrivent épuisés. Je laisse passer la messe et feins de ne rien suspecter. Pendant la mise en terre, je fais un discours. Je dis, en présence-absence de Maddie et d'André, que mon grand-père n'était pas un tueur en série, qu'il n'a jamais recousu une plaie par balle sur son établi et qu'il n'a jamais fricoté avec les Chinois, mais qu'il était un génie de l'ombre. Qu'il a inventé la cocotte minute, l'effaceur, le squelette flexible, le collier de bonbons et le distributeur de cartes ! Je dis qu'il nous l'avait caché à tous, sans doute pour laisser l'opportunité à Madeline de nous faire tourner en bourrique. Je souris. Je dis que tout était breveté et qu'on est tous riches maintenant. Puis, j'ajoute que j'attendrai ma mère, mon père et mon frère un peu plus loin dans le cimetière, et que l'on doit parler. Impérativement. Gaël ramène les enfants à la maison. Il nous laisse régler nos affaires de famille, lui il n'en a pas, pas question qu'il ait tous les inconvénients sans les avantages. Je balance la photo au visage de ma mère. Littéralement. Elle n'a pas le réflexe de la rattraper. Je m'en fiche. Nina sort de ses gonds.

—C'est quoi ça ? C'est qui, eux ?

Bénédicte tremble et supplie mon père du regard.

—Non, dit-il, tu te débrouilles. Ça fait des années que je te préviens, des années. Démerde-toi maintenant !

Il s'éloigne. Salomon, lui, caresse doucement l'avant-bras de « Maman ». J'ai envie de le frapper.

—Dis-le-lui, il est… temps, ajoute-t-il.

—Ah, parce que toi tu sais tout ? je demande.

—Bien sûr que je sais tout… parce que….

—Tais-toi, hurle Bénédicte, tais-toi ! La photo que tu me balances en pleine tête là, comme une folle, c'est… la photo de mon frère, Jean, mort… Et de sa femme. Rebecca. Ironique, non, que tu appelles ta fille comme ça, sans savoir ? Alors qu'on t'a toujours menti…

La similitude des prénoms me choque, mais je ne commente pas. Je la laisse vider son sac.

—Jean, mon frère adoré, mon idole, a crevé d'une overdose avec sa femme. Il étudiait Baudelaire, il a voulu essayer l'opium. Sa femme l'a suivi dans son expérience. Ils n'y connaissaient rien, ils en ont beaucoup trop pris d'un coup. Une seule fois, mais ça a suffi.

Elle marque une pause et se contorsionne étrangement.

—Pour mieux respirer, sous-titre Salomon.

Il m'agace. Il la connaît par cœur, lui. Moi, je ne sais pas qui est cette femme toute tordue. Elle m'a caché sa plus grande peine, et même quand j'ai appelé ma fille par le nom de sa belle-sœur morte, elle ne m'a rien dit ! Je sens mon animosité grandir, mais je n'ai pas le temps de m'énerver. Elle me regarde droit dans les yeux et me balance :

—Salomon n'est pas ton frère.

Je fais un malaise. Elle me met une petite tape sur la joue, je lui colle une gifle. Elle accuse le coup mais rattrape le fil.

—C'est le fils de Jean et de Rebecca. Il était dans la maison quand ils sont morts. Il dormait. La suite, tu t'en doutes, non ?

—Raconte, pour voir.

—Il a prévenu les secours, tes grands-parents ont débarqué, et ils ont emmené Salomon avec eux…

—Rebecca, elle était juive ? je demande.

—Oui.

Et le « Comment, Salomon, vous êtes juif ? » me revient. Quelle abrutie ! Et tout me saute à la figure : leurs regards complices, leur trouille de trop parler, leur « Salomon » à la place de « ton frère »... Je me sens si naïve.

—Ils ont ramené le gamin et ils nous l'ont confié, à ton père et à moi. On s'apprêtait à se marier deux mois plus tard. Je voulais garder le même nom que lui, alors on a fait une fête, mais pas de mariage civil.

—Et moi qui avais pris nos deux noms pour une de tes excentricités. Ce que je suis conne ! Mais conne !

—Ne dis pas ça.

—Pourquoi ?

—Parce que tu es intelligente.

—Non. J'ai jamais rien compris ! Rien. Je suis la dernière à savoir. La cocue du village qui se balade fièrement au bras de son prince charmant.

Je soupire.

—On t'a rien dit pour te protéger. On a tous été très marqués par la mort de Jean. Madeline a vécu l'enfer, ton grand-père priait pour oublier. Moi, je survis. Ton père me soutient comme il peut, mais c'est encore si dur, et ton frère.... Enfin, Salomon...

—C'est marrant, tu ne dis jamais « ton frère » et là ça t'échappe. Salomon n'est pas mon frère, d'accord ? De toute façon, je n'ai pas grand-chose à faire dans cette famille.

Je pars. Elle me court après.

—Ne... ne dis pas ça, je t'en supplie. J'ai juste voulu t'épargner. Ton père et Salomon ont voulu tout te dire, plusieurs fois. C'est moi qui ai refusé. Tu étais la seule à pouvoir vivre normalement, à pouvoir grandir sans cette cicatrice, pourquoi te l'offrir en héritage ? Tu n'as jamais connu Jean, ni Rebecca, tu étais innocente de cette grande peine, tu pouvais te construire sur un terrain neutre… Et c'est aussi pour ça qu'on est partis… pour te libérer. Je t'aime Nina, si tu savais comme je t'aime et comme j'ai souffert de cette stratégie. J'ai… j'ai cru faire au mieux. Je me suis trompée ?

—Oh oui, tu t'es trompée ! Tellement. Tu ne m'as pas protégée, tu m'as exclue…

Je suffoque, mais je continue :

—Mise à l'écart de votre tribu. J'ai toujours cru que je n'étais pas assez bien pour vous, pas assez intelligente pour vous comprendre. Le vilain petit canard.

—Comment…

—Comment j'ai pu penser ça ? Tu poses sérieusement la question ? Vous vous éloignez tous de milliers de kilomètres, vous faites les mêmes activités, vous ne me dites rien, vous cultivez une espèce de connivence…

—Mais… Oh, je ne sais plus… J'ai tellement souffert Nina, tellement. Depuis ça, je me suis juste raccrochée aux branches. Avant de tomber enceinte, je croyais ne jamais réussir à t'avoir, mon corps était une enveloppe vide. Je donnais toute mon énergie à Salomon, qui était dur avec nous. On n'était pas ses parents. J'étais une enveloppe vide qui s'est remplie de toi. J'ai trouvé de l'amour dans les recoins… mais sans doute pas assez, pardonne-moi.

Je rentre à la maison. Sans eux. Je ne sais pas quand ils partent ni où ils dorment et ça m'est égal. Rien que les imaginer chez moi me file des palpitations. Je m'écrase dans le canapé et m'enroule dans un plaid. Méthode maki. Andrea se blottit contre moi, Rebecca approche une chaise et lit à côté. Gaël semble perdu. Je joue la sérénité pendant le dîner et la mère parfaite pour le coucher. Je réussis même à sourire quand Andrea me raconte une blague de Toto en oubliant le milieu. Avec Rebecca, c'est plus dur de simuler.

—T'es triste à cause de Maddie ?

—Non.

C'est sorti tout seul. J'aurais peut-être dû mentir mais je suis née honnête dans toute cette fange de secrets. Incroyable, non ?

—Je suis triste parce que… j'ai appris quelque chose qui m'a perturbée.

Elle se redresse sur son lit.

—Raconte.

—Non Rebecca. Pas maintenant. Plus tard, tu veux ?

Elle grogne. Je l'embrasse sur le front.

Une fois les portes des deux chambres fermées, je respire le silence. J'imagine mes parents et mon… cousin à l'hôtel ou dans l'avion. Je soupire, rejoins Gaël et lui lance :

—J'ai un truc à te dire.

—Encore ?

Il ricane. Il pensait sans doute qu'après avoir appris que mon frère n'est pas mon frère et que mon grand-père était un génie, il allait passer quelques semaines sans grandes annonces.

—Je…

Face à mon hésitation, il se fige.

—Je prends des médocs.

—Des médocs ? Mais, tu es malade ?

—Ah non ! Ne t'inquiète pas.

Et je ris. De plus en plus fort. C'est étrange et nerveux. Il n'ose rien dire.

—En fait, si, je suis peut-être malade. T'as raison…

—Nina, respire et explique-moi s'il te plaît. Je comprends absolument rien, là.

—Pour être la femme parfaite, une bonne épouse, une maman au top, pour lire et travailler en parallèle et sans doute pour faire taire quelques angoisses, cela dit, je me gave de médocs. Des calmants, des stimulants, des anxiolytiques, des…

—C'est bon, je crois. J'ai saisi. Ça va aller les exemples.

Il est bizarre tout à coup. En même temps, je lui balance ça en souriant. Je dois avoir l'air d'une psychopathe… Le pauvre. Je m'assieds sur le canapé et tapote la place à côté de moi.

—Je suis désolée. Je vaux pas mieux que ma mère en fait.

—Dis pas ça.

Il me caresse l'épaule et répète :

—Dis pas ça.

—Tu crois que je l'avais senti ? Qu'inconsciemment, je savais tout ?

—Aucune idée. Mais ce que je peux te dire, c'est que tu aurais dû m'avertir que tu prenais des cachetons.

Son ton est cassant. Je me recroqueville légèrement. Il reprend :

—Nina, tu… tu te rends compte ?

Je m'effondre. On discute. Ça dure des heures. Je vais chercher un carnet et je liste ce que je dois faire dans les semaines à venir pour sortir la tête de l'eau. Rien qu'à l'idée de tout ce qui m'attend, je bâille, et Gaël ne manque pas de faire une de ses blagues favorites en fourrant son doigt dans ma bouche grande ouverte. On ricane et on va se coucher. La vie continue.

33

Quelques semaines plus tard.

Alors oui, la vie continue, mais là je sauterais bien du manège sans attendre la fin. Salomon arrive. Il est venu jusqu'à moi, à Lyon, dans mon café préféré. Je me répète « mon cousin » en espérant que ça rentre.

—Salut frangin !

Mais quelle conne. Il rit.

—Salut Nina.

On est plus embarrassés qu'à un rendez-vous Tinder. Il s'est fait beau.

—Je sais que certains cousins se marient, mais n'y pense même pas, je balance, lourde à souhait.

Il hausse les épaules.

—Tu veux une blague de Toto ?

Tant qu'à faire d'être lancée.

—Nina ?

—Oui…

—Tu ne serais pas un peu gênée ?

La serveuse se plante à côté de nous, stylo à la main, sans parler.

—Un thé vert, commande Salomon.

—Une bière, je dis en même temps.

—Il est 10 h, Nina.

—C'est bien l'heure de l'apéro quelque part, non ?

La serveuse ne commente pas et s'en va. Je tape du pied, mon cœur s'emballe. Il est même possible que je bave.

—Je suis désolé. J'ai été lâche, couillon, idiot…

—Stupide, abruti, sans couilles…

—Ah oui, quand même. Tu en as gros sur la patate.

—T'imagines pas.

—Si. Ça fait des années que je me demande comment tu vas réagir en l'apprenant.

—Pourquoi tu n'as rien dit ? Pourquoi tu n'as pas tout balancé pendant un putain d'action vérité ?

J'ai haussé le ton. On nous dépose nos boissons.

—Attention, c'est très chaud ! précise la serveuse en faisant les yeux doux à Salomon.

—Pourtant, la bière, c'est meilleur frais.

Ils me toisent, sans rire. Je me sens nunuche. Il répond à ma question :

—Parce que Bénédicte m'a fait jurer plein de fois de ne rien dire, et qu'au début j'étais qu'un gamin. Nina… J'étais un gamin qui avait perdu ses parents.

Il semble s'en excuser. Je réalise que je n'ai pas pris sa peine en compte une seule fois. Que, depuis que je sais, je me suis juste fixée sur mes sentiments à moi, mes émotions d'enfant bernée.

—Tu… tu vas bien Salomon ?

Ma question le cloue sur place, la tasse de thé en lévitation, presque à ses lèvres mais pas tout à fait.

—Je... Depuis... Depuis que tu sais, je me sens plus léger. J'en ai parlé à Cynthia.

—Ta meuf, j'imagine.

—Oui. Ma meuf comme tu dis. Avant, j'avais honte. La pauvre, elle a appris d'un coup que les parents qu'elle avait rencontrés n'étaient pas vraiment ses beaux-parents et que j'étais orphelin. Ça lui a fait drôle.

—Oh, je comprends tout à fait !

—Nina, tu crois qu'un jour on en rira ?

—Non.

Il fait du bruit en buvant son thé chaud. Je réprime un rot de bière matinale. L'odeur amère du houblon me dégoûte. J'aurais dû prendre un chocolat chaud, mais j'ai eu peur de passer pour une gamine, encore.

—Comment tu envisages les choses, cousin ?

—Salomon ? C'est plus... naturel, non ?

—Oui, je soupire.

—Je pensais t'envoyer une lettre de motivation pour obtenir une place dans votre vie.

—T'es sérieux ?

—Oui. Tu aimes lire et j'écris, figure-toi.

Je tombe des nues. Salomon écrivain. Alors ça. Finalement, il y a peut-être du positif à tirer de ce chaos, si je réussis à pardonner un tel mensonge.

34

—Ta mère a appelé, Nina.

—Qui ?

—Ta mère. Bénédicte.

—Connais pas.

Rebecca ricane sans trop savoir pourquoi. Andrea lève la tête de ses playmobils un instant.

—Comme tu veux, soupire Gaël.

Autant j'ai reparlé avec mon père depuis l'enterrement (bon, en lui en mettant plein la figure et en étant l'opposé de la petite Nina douce et tendre), mais ma mère… j'en suis incapable. C'est épidermique. Je ne peux pas tout faire en même temps, me dit ma psy. Pas celle des Flocons Verts, hein. La mienne s'appelle Barbara. Je sais que son prénom n'a pas d'importance mais comme il est joli, j'ai pensé que c'était pas mal de vous le préciser. Je la vois le mardi et le jeudi, après le travail.

—Y'a du boulot ! a été ma première phrase de thérapie.

Barbara a ri. Ça commençait pas mal.

—C’est que je viens d’apprendre que mon frère est mon cousin, que mes parents sont bien mes parents mais que j’avais un oncle, et surtout une tante juive. Rebecca, mais pas ma fille, hein. Et je prends des médocs en tous genres depuis des mois pour être une femme parfaite, que je ne suis pour le coup, pas du tout.

—On va reprendre tranquillement, si vous voulez bien. Quel est votre nom et votre date de naissance ?

On a fait comme elle a dit : on a recommencé au début. De temps en temps, je ressors des séances légère, et d’autres fois très énervée. Gaël aussi doit me pardonner de l’avoir évincé de mon problème d’addiction médicamenteuse. La formulation médicale est moins joviale que de dire « je gobe un faux Mentos quand je me sens un poil dépassée ». Je dois accepter que ma mère ait menti pour me protéger même si, comme dit Barbara, on fait avant tout les choses pour soi. Bref, on décrotte tous la situation et on avance en souriant le plus possible. Et en transpirant, pour ma part. Le sevrage est loin d’être une promenade de santé. Ce que j’ai du mal parfois ! Je suis souvent tentée par un petit anxiolytique, en passant. Juste un, pour me sentir un peu à côté de mon corps. Un moment seulement. Gaël ne parle pas beaucoup mais il sait me raisonner rapidement par un « tu es sûre que tu veux une mère junkie pour nos enfants ? ». Ah oui, vu comme ça…

Je suis perdue dans mes pensées quand Gaël m’appelle depuis l’entrée de l’appartement.

—Nina ?

—Non, je ne veux toujours pas lui répondre.

—Tu as du courrier. Plein de courrier.

Ils ont dû se donner le mot. Colette m'écrit de Grèce. La mort de Maddie lui a mis un coup derrière la nuque. Elle crame son PEL à Mykonos ! Rien que ça. Elle m'envoie des photos. J'hallucine. Qu'est-ce qu'elle fout en tutu rose fluo sur un bateau ? Ça aurait fait rire ma grand-mère, ça. Je souris et passe à la lettre suivante. Salomon. Il a vraiment rédigé un courrier de motivation. C'est bien fait. Il propose de repartir à zéro, de jouer au cousin qui rentre d'Australie. Il veut passer quelques mois en France avec Cynthia et nous voir. Sans nous brusquer, mais il aimerait rencontrer Andrea et Rebecca, pour de vrai. Il faudra que j'en parle avec Gaël mais l'idée me séduit. Je suis moins colère, et je me dis que c'est ce que Maddie aurait voulu. Si seulement elle était encore là pour me dire quoi faire, et pour me secouer aussi. Je pense encore à ma grand-mère quand j'ouvre l'enveloppe suivante. Ma mère.

35

Nina,
Tu ne me réponds plus. Je sais par ton mari que tu es vivante. Et je sais, aussi par lui, que tu es en sevrage. Ma colombe. J'ai merdé. En voulant te protéger, je t'ai saccagée. Je me sens minable. J'aurais aimé te le dire au téléphone mais tu ne veux pas me parler. Avec Papa, on arrive. Diego s'occupera de la propriété. Je vais faire une pause dans mes chakras, lever le pied sur la méditation et affronter la réalité. Je suis prête à tout prendre en pleine face. Il est temps ma chérie, pour toi et pour moi. Alors, je vais sonner chez toi. Bientôt. On aura des valises et on s'installera, quelque temps. Tu pourras me demander ce que tu veux, je te jure de ne pas mentir et de ne rien édulcorer. Et, si ça te dit, on pourrait aller à Cognac et à Paris, faire un road trip des endroits où Jean a vécu. Juste toi et moi.
Je t'aime ma grande fille.
Maman.
PS : Surtout, n'en veux pas à Gaël qui a accepté de nous accueillir. Il fait ça pour ton bien.

Je lis cette lettre en un temps record et je me mets à hurler :

—Gaël !!

Il s'apprête à me répondre mais est interrompu par un bruit strident. On sonne à la porte.

REMERCIEMENTS

Et si je faisais une liste des gens à remercier, du plus important au moins important ? Ou du moins important au plus important, en disant que je l'ai conçue dans l'autre sens… Ou par taille, comme sur la photo de classe ? Ou par ordre alphabétique ? Pour ne vexer personne… Je vais plutôt commencer par remercier ceux que je ne citerai pas ensuite, au cas où j'oublie quelqu'un et également, et surtout, parce que le parcours d'un livre se construit aussi après sa publication et que je ne pourrai pas ajouter à la main, dans chaque exemplaire, chaque personne qui fera de ce livre un succès international (n'oubliez pas que le fait d'imaginer quelque chose le rend déjà un peu réel). Donc, merci à toi que je ne remercierai pas explicitement.

Avant tout, et sans aucune contestation possible, je remercie Amélie Nothomb, parce qu'elle croit en moi et qu'elle m'a autorisée, sur ce roman, à le crier au monde. J'avais pensé à me faire un tee-shirt « Amélie Nothomb est fière de moi » mais ça aurait eu un impact un chouïa moins important (enfin j'espère, parce que, si ça se trouve, seule ma mère va acheter ce livre et, si j'ai de la chance, elle l'achètera en dix exemplaires).

Je voudrais exprimer ma reconnaissance à mes fidèles pré-lecteurs-lectrices qui prennent le temps de lire mes brouillons et doivent s'arracher quelques cheveux au passage (on parle beaucoup de la Turquie pour les implants, je dis ça…). Je suis certaine de ne pas tou(te)s les citer mais l'aide de chacun(e) a été précieuse. Merci. Stéphanie Voegele, toujours fidèle au poste. Pauline Lahaeye (ou Pauline Rom's), qui m'a motivée pour continuer à écrire cette histoire. Mon cher tonton Éric, si drôle et si sensible, merci d'avoir répondu présent. Mélanie Roucheyrolles, pour ton regard clairvoyant, toujours, et pour le reste.

Il y a aussi Élisabeth Ségard sans qui rien ne serait pareil. À la suite de ce roman, je vous conseille fortement de vous plonger dans les siens. Enfin, si vous êtes sensible aux belles histoires racontées avec émotion et humour.

Je n'oublie pas ma môman mais je ne dispose pas d'assez de mots justes pour lui exprimer mon amour et ma fierté d'être sa fille.

Je remercie Frédéric, mon éditeur, à qui je ne rends pas la vie toujours facile.

J'embrasse François Détours, mon vendeur de couches adoré.

J'exprime ici, et au quotidien, mon admiration pour Sylvain, mon mari, qui me soutient quand je perds patience et qui m'offre du temps, de l'amour et un regard objectif.

Je remercie Enora et Ernest, qui m'ont inspirée pour mes petits personnages et qui sont souvent assommés de « Chuuuut » qui finissent par les faire marrer.

Je remercie Barbara, Juan-Domingo, Olivier, Cynthia Raymond (Cynthiô, pardon) que j'ai envahis de titres plus ou moins bien sentis (merci de m'avoir dissuadée de choisir *Une couille dans le potage*) et de couvertures plus ou moins sérieuses.

Je fais un clin d'œil à Marie Darcq, coloriste de métier, qui a une super boutique en ligne d'assiettes déjantées monoeilcouleur.

Je salue le travail merveilleux de Sophie Auriède (Andarosa), graphiste talentueuse qui a fait preuve de patience et de finesse (même avec le caniche magenta) pour réaliser cette couverture que j'adore. Je loue également le professionnalisme de Caterina Tosati (L'envers des mots), correctrice et éditrice qui sait suggérer sans imposer et dont le regard affûté est toujours d'un grand secours.

Et Marta.

Je remercie, bien sûr, mes lecteurs, les fidèles comme les petits nouveaux (coucou !), ceux qui me lisent sans rien dire, ceux qui m'écrivent pour me féliciter et qui me font pleurer souvent, ceux qui détestent mes romans et qui, du coup, les conseillent à leur vieille tante méchante, un peu moins ceux qui m'invectivent sur les réseaux parce qu'ils voulaient une autre fin pour mes personnages (et qui me font plutôt rire, je l'avoue).

J'ai écrit mon premier roman (dont je tairai le nom) sur un transat, j'y ai placé avec minutie toutes les erreurs d'un premier roman, les personnages changeaient de prénom d'une page à l'autre, utilisaient un smartphone en pleine seconde guerre mondiale, grimpaient aux arbres en n'ayant pas de bras, oubliaient combien ils avaient d'enfants entre deux chapitres, ou presque. Depuis, j'espère avoir progressé (un peu) et je ne sais comment décrire ce que je ressens quand on me dit que j'ai réussi à provoquer des émotions. C'est un brin magique et tellement doux.

Chakras, tapioca et anxiolytiques est important pour moi parce qu'il aborde des thèmes qui me sont chers comme la psychogénéalogie mais aussi, et surtout, le secret qui éclabousse de non-dits des générations et que de nombreuses familles s'évertuent encore à couver. Ce livre est aussi le livre de l'autopsie de la femme parfaite, qu'on tente toutes d'être, à tort, à un moment. Soyons faillibles en souriant, soyons coquines en assumant, soyons fâchées pour rien, heureuses pour pas grand-chose, chantons faux, trompons-nous, soyons normales en toute honnêteté.

Et que ce soit à mon tour de vous lire : annelise.besnier@gmail.com ou annelisebesnier_auteure sur Instagram ! C'est toujours un plaisir de recevoir vos mots, qu'ils parlent de mon roman ou non. Si vous voulez m'envoyer votre recette préférée, une photo de votre chien déguisé en père Noël ou en œuf de Pâques, un conseil de lecture…

À très vite, j'espère.
Anne-Lise

LA VIEILLE QUI CASSAIT LA BARAQUE

ANNE-LISE BESNIER

À première vue, Colette est une grand-mère ordinaire : chapeau en plastique sur la tête, napperons en dentelle sur les lampes, belote le mardi et présence régulière chez le médecin pour des maladies imaginaires. En somme, une veuve acariâtre tout ce qu'il y a de plus classique. En réalité, Colette s'est minutieusement forgé ce rôle de petite vieille dans le but de faire enrager son fils qui la voit déjà grabataire… En catimini, elle lit des mangas érotiques, troque son déambulateur contre un skateboard et fréquente des cabarets en bonne compagnie. Tout va bien, jusqu'au jour où elle est confrontée à un mystère : qui dépose en secret des fleurs et un petit mot sur la tombe de son mari ? Pour élucider cette énigme, Colette va devoir trouver des alliés et déterrer quelques secrets. Aux côtés de Madeleine, son amie d'enfance atteinte d'Alzheimer, de Thomas le trentenaire survolté et de Maurice le beau parleur, l'aventure ne fait que commencer…

Drôle et tendre : un roman irrésistible.

LES VIEUX QUI SE FAISAIENT LA MALLE

ANNE-LISE BESNIER

Lucien est mort. « C'est bien triste » se lamentent au bar du coin ses quatre copains. Pire encore : il a été retrouvé froid sur ses toilettes, lui qui ne s'était jamais montré négligé en public ! Martial, Gilbert, Jacques et Armand sont unanimes : pas question de clamser aussi bêtement ! La bande de septuagénaires a alors une idée folle : chacun va planifier sa propre mort. Quand ils veulent, comme ils veulent ! Enfin, ils vont tout oser. Des plages de Miami et d'Algarve aux montagnes suisses en passant par l'Afrique, les quatre retraités vont vivre à fond. Parce que si près de la fin, tout est permis, non ? De surprises en extravagances, cette décision sera sans doute la meilleure de leur vie...

Choisir sa mort pour mieux vivre :
un roman décalé, tendre et drôle.

Achevé d'imprimer en janvier 2022
sur les presses de la Nouvelle Imprimerie Laballery
58500 Clamecy
Dépôt légal : février 2022
Numéro d'impression : 201650

Imprimé en France

La Nouvelle Imprimerie Laballery est titulaire de la marque Imprim'Vert®